文芸社セレクション

天界の たねあかし

Ucho－天
Ucho TEN

文芸社

目次

序章

映画やドラマの世界が映し出す墓地は、広大で美しい霊園や、段々畑の様な墓地の間を長い階段が結ぶものまで、様々である。

手向け花と水桶を手に、名俳優が回想シーン等を織り交ぜ、ゆっくりと登場する。縁の深い人の墓前での台詞も、物語の展開上外せない場面と成っている。

非常に印象深く効果的な場面だが、毎年毎年続く春、秋の彼岸や盆の、一般庶民による墓参りにフォーカスすると、大変な苦労を伴う荒行と、言っても過言ではない。

何度、参拝しても迷路のような通路に悪戦苦闘し、なかなか先祖の墓に辿り着けない。腰の曲がった老婆が、墓地に入ったまま出てこない為、捜索隊が出たとか、出ないとか。歳を重ねた人間に、小高い段々畑墓地の階段は、地獄の筋肉トレーニングでしかない。


出来ることなら、御先祖様には申し訳ないがリモートで、墓参りが出来ないか等と、罰当たりな気持ちに成っても無理はない。脚が痛い、膝が駄目だ、股関節が、腰がと、悩む年老いた人をターゲットに、手軽に頼める墓掃除代行サービス業が繁盛しているらしいが、当然のことながら割高となる。そんなことより、見ず知らずの赤の他人に、勝手にゴシゴシ掃除される側の、御先祖様がどの様に思われているか、気にも掛けない。

様々な言い訳をし、墓参りの足を遠ざけてしまうのは、本当に仕方のないことなのか？　親として、御先祖様に対する、敬いの真摯な姿勢を、自身の子供達に躾けておかないと、親の代以上に足が遠のき、疎遠となり、墓は荒れ放題、朽ち果てるだけの運命をたどる。

この境遇におかれた天界の御先祖様の、悲痛な嘆きは、残念ながら子孫に届く筈もない。

我が家の先祖代々のお墓は、有難いことに街中の小さな寺の裏手墓地に有る。

墓地から見える景色は、寺の裏壁と、マンションのベランダ、建売住宅の壁面に囲まれ、ドラマの素敵な場面と比べると、味気の無い物だが、お墓参りが手軽な距離間にある利点を考慮すれば、何の問題もない。マンションから漏れるテレビの音や、物干し台で、洗濯物を干す建売住宅の住人と、目が合ってしまうのも、我慢出来る。実家からの距離は、ゆっくりと自転車で五分程度、欽ちゃん走りで八分、普通に歩いて十五分、ケニアのマラソンランナー、キプチョゲが本気で走って三分を切る位置に有る。

道路から直接入ることが出来る墓地通用口の鉄扉を開け、お墓参りに来た人達。お婆さんと、息子夫婦、小学校低学年の長男と、よちよち歩きの長女の五人組。街中の小さな墓地とはいえ、線香の残り香と共に、独特な空気が流れている。

狭い通路の先、墓石に南無阿弥陀仏と彫られた、神田《かんだ》家先祖代々の墓の前に着いた。

「貴方、皆でお参りに来ましたよ。早いもので、もう一年過ぎましたね。お陰様で皆元気に暮らしていますよ。貴方は天国の生活に慣れましたか」

するといきなり長男が「ここ、覚えているよ。お父さんのパパの、お墓だよね」

「そうだよ。よく覚えていたね。僕のパパ、君の御爺ちゃんが眠っているんだよ。僕とパパが長い間、喧嘩していたから、余り覚えていないよね。ごめんね」

「さあ！　皆でお掃除しましょう！　きっと、御爺ちゃんも、喜んでくれるわよ」

お婆さんの掛け声で、皆がそれぞれに働きだした。

長女は物珍しく、辺りをキョロキョロしながら歩き出そうとする。お母さんが慌てて、その手を握り、制止させ抱き寄せる。

お婆さんと、お父さんが、墓石を掃除し、水を入れ替え、仏花を供えている。

長男は、暫くその様子を眺めていたが、何かに導かれるように、通路の奥に引き寄せられた。

色々な形の墓石に囲まれた通路を行くと、墓石の陰から、白髪頭の痩せこけ、襤褸布を纏った老人が現れ、突然、話し掛けられた。

その声は、枯れた、低い声だが、響いてくる。

「ボク、お墓参りに来たのかい。偉いね」

不慣れな墓地で、それも墓石の陰から、突然現れた見知らぬ老人から、急に声を掛けられたのに、不思議と驚きも怖さもなかった。

「ボク、人間は死ぬと、どうなるか知っているかい。

『魂』や、『霊』のことは、分かるかい。『天界』のことは知っているかい」

「誰なの？　なに？　そんなの分からないよ」

「そうだろうね。まだボクには、難しいかも知れないね、天界には『ならわし』という、独特な、慣習や風習が、あるんだよ。

じゃあ、『覗きの井戸』のことは？　知っている訳ないか………」


お婆さんと、お父さんの呼ぶ声がした。

「何処に居るんだい。早く、戻っておいで。線香と蠟燭に火を灯したよ」

声のする方を、振り向きながら「ハイ、今、行くよ！」と、返事をした。

老人の方に視線を戻すと、老人の姿は煙の様に、何処かに消えていた。

「またいつか、ゆっくりと、聞かせてあげるよ。

それまで、せいぜい親孝行と、墓参りを大切にするんだよ。いいかい………」

何処からともなく、声だけが響いていた。

第一章　運命と寿命

人間は、なんと愚かな生き物なのだろう。

人間は、毎日を元気で暮らしていることを、当たり前だと考えていることが多いようだ。

無意識のうちに、自然に空気を吸い込み、呼吸している。

腹が減れば食事を摂り、エネルギーを得る。

そして、不要な物を、排便している。

睡眠を取り、疲れが取れれば目を覚ます。

そんな、何気ない行動を当たり前だとか、自然なことだと思っていると、必ず罰を受ける時が来ると思う。

生まれつき呼吸器に、何らかの疾患が有れば、呼吸することも出来ない。

生まれつき、アレルギーが有れば、自由に食することも出来ない。

眠っている間に、体の機能は再生されるが、何らかの不具合が起きれば、目を覚ますことすら出来ない。

病気を患い、事故に遭遇した時に、運が悪いと思うのなら、一日が終わる瞬間に、健康で一日を無事に過ごせたことや、何のトラブルもなく一日を平和に終われることに、もっと感謝すべきだろう。

それは、自分自身だけのことだけではない。

自分の家族、親類縁者、友人達に、もし不幸な出来事が降り掛かっていれば、その訃報を受けた貴方が、今居るのは、気持ちよく眠りに就こうとしているベッドではなく、病院の薄暗い待合室等で、何も出来ずに、ただ自分の無力さを知りながら、心配しているだけかも知れない。

人間が生まれながらに持つ『運命』とは、一体何だろう。

人間は直ぐに、ツキが有ったとか、無かったとか、運が良かったとか、見放されたとか、考えがちな、不思議な生き物だ。

複雑な人間模様のなかで、自分の言動を振り返り、戒めることもしないで、運命だけを言い訳にしてしまうのが、人間の愚かさ、弱さなのかもしれない。

『因果応報』という得体の知れない力だけでは、説明出来ないことも有るのではないかと思う。

不幸な事故、災害が起きるたびに、強く思い知らされることが有る。

日航機墜落という悲惨な事故。

本当は搭乗するはずだったのに、忘れ物に気付いて、キャンセルしたことで、難を逃れた幸運な人。キャンセル待ちをしていて、もうダメかと諦めかけた時、先程の忘れ物の人が現れ、思わず「ラッキー」と叫び、自分に運が回ってきたと思いながら、命を失った人。

その次の順番の人が、ギリギリ飛行機に搭乗出来ず、「いいなあ前の人は。俺にはツキがなかった」と、悔やみながら命拾いした人。

この運、不運は、どこから来るのだろう?

最近の異常気象で、頻発する記録的大雨による水害等の災害。

ある日突然に、裏山から土石流が流れ、多くの家屋が流され、多くの人が命を落とす。

そんなニュース報道で見る映像で、村の集落を一瞬で押し流した土石流の、恐ろしく、痛々しい爪痕。自然の力に、為す術もない。

人間の無力さを痛感させられてしまう。

両隣の家屋は流され跡形も無いのに、一軒だけ何事もなかったかの様に、以前の姿を留めている様な、TV映像をよく目にする。

これらの運命を分ける境界線は、何処に存在するのだろうか。

それを運命と言うことだけで片付けるのは簡単だが、説明の出来ない、微妙な、何かが作用している様な気がしてならない。

『一寸先は闇』と言うなら、今現在、生かされていること、呼吸できていることを、当たり前だと思う前に、先ず先に喜ぶべきだし、感謝するべきだと思いませんか。

まあ実際のところ、その答えは誰にも分からない。

人類永遠のテーマだと感じる。

結局、自分の人生の総評は、臨終の時に、自分の人生を振り返り、人生の答え合わせをした時に、どう思うかで、全てが決まる様な気がしてならない。

全ての人間一人、一人が持つ「寿命」という、言葉の意味は、何気なく理解している。

生まれた瞬間から、確実に死へのカウントダウンが、始まっていることも、何気なく理解している。

母の胎内から生まれることなく、寿命を全うする胎児。

涙を誘うような、小さな棺に眠る幼児も、百歳を超え大往生する老人も、その人個人の寿命を全うした後に、臨終の時を迎える。

この寿命の、長い、短いも、生まれながらに持つ運命に左右されているのだろうか。

出来ることなら、寿命を全うするその時に、家族に看取られながら、眠るように、自分の人生も、捨てたものじゃなかった等と、満足しながら、周りの人に感謝しながら、天界に旅立てたら幸せだと、誰もが思っているに違いない。

ただ、どれだけの人間が、満足しながら臨終の時を迎えることが出来るのだろうか。

人を恨み、妬み、嫉み、悔い、未練、怨念を抱きながら、のたうち回る様な最期を迎えないとも限らない。

出来ることなら、前者で最期の時を迎えたい。

どうすれば、幸せな、安らかな最期を迎えることが出来るのだろうか。

余談になるが、家族の看取りの時間は、一か月以内が理想だと考える。

これぐらいなら、残された家族も、充分に、お世話が出来たと感じるだろうし、悲しみながらも、お別れの覚悟も出来る。

家族、親類縁者、友人等が、最期のお別れをする為の、暇も充分に有る。

しかし、長過ぎるどころか長期になると、家族の看病疲れから、不平不満が溢れ出ないとも限らない。危篤の連絡を受け、家族、親類縁者、友人等が、最期のお別れを、済ましたにも拘らず、不運にも病状を持ち直したりしてしまうと、不幸なことに、不平、不満が堰を切った様に溢れ出す。

挙句の果てに「もう、いい加減に逝ってくださいな」等と、お願いされたりもする。

人間は、いざ余命宣告を告げられた、その瞬間、「何故、自分が………」と、慌てふためいてしまう。

あれも、やりたい。

これも、やりたい。

あれも、これも、食べたい。

あそこにも、ここにも、旅行したい。

あの人達にも、会っておきたい。

テレビドラマの影響が大きいと思うが、流行のバケットリストとやらを、急いで作ったりしてしまう。

この場合、余命宣告された時の、人生の残された時間が問題となる。

余り短いと、何も手につかない。

二年とか宣告されても、元気な時の期間と違い、体力が奪われてゆくことを考えずに、リスト項目を挙げるので、悲しい結果を招くこととなる。

その時、初めて自分の人生を後悔し、この期に及んで、一秒、一秒の時の大切さを思い知らされる。

健康な時に、あれだけ膨大な時間を、無駄に過ごしてきたにも拘らず………

それでも、まだ余命宣告された人間は、いくら残された時間が短くても幸せだと思う。

いつもの朝、判で押したように身支度を済ませ「行ってらっしゃい」の言葉に見送られたのが最後となり、事故や災害で命を失い、永遠の別れになることもある。

別れ際に、喧嘩でもしていようものなら、残された人間は、その後の人生を、最悪の後悔に苦しみ、自分自身を責め続けることになる。

悔やんでも、悔やんでも、時間は戻らない。

人間は一人で生まれ、一人で死んでいく。では、何処から来て、何処へいくのだろう。

第二章　覗きの井戸

夏の終わりの夕暮れ時、朱に染まった西の空を、ゆく夏を惜しむかのように、赤とんぼの大群が乱れ飛んでいる。遠くから、蜩の声が聞こえてくる。

この場所には、清々しい空気が流れ、時間がゆったりと流れている。

秋桜畑の中、少し日焼けした顔に、白髪頭の、お爺さんが、もう長い時間、格式の有りそうな古井戸の縁に身を乗り出し、じっと井戸の中を覗き込んでいる。

古より、この界隈では、この古井戸のことを、通称『覗きの井戸』と呼んでいる。

立入禁止の表示と、厳重に柵を施してあるが、お爺さんは、柵が老朽化して出来た隙間を知っていた。

頻りに、井戸の中に向かって何やら、声を張り上げている。

時に諭す様に、宥める様に、叫ぶ様に語り掛けている。

「そうだな。俺も、そう思う」「駄目だよ、そんな弱気じゃ」「何を考えているのだ！　馬鹿！」「勝手にしろ！　俺は、もう知らん」

その様子を暫くの間、少し離れた木の陰から、静かに見守る人影が有った。

お爺さんの後方から、優しく声を掛けた。

「また、ここに来ていたのね。最近、お役人のパトロールが強化されているらしいから、見つかったら厄介ですよ」

「ああ。分かっている。気を付けるよ」

お爺さんが、覗き込んだ姿勢のまま答えた。

振り返ると、迎えに来た妻が、ニコニコしながら立っていた。

「夕飯が出来ましたよ。帰りましょう」

「ああ、分かった。有難う。一緒に帰ろう」二人が並んで歩きだす。

秋桜畑を抜けた先、大きな川が満々と水を湛え、キラキラと美しく光を反射しながら、滔々と流れている。

その川縁の小道を抜け、美しい草花が揺れる野原を、のんびり歩く。

「このところ毎日、来ているのね。何か心配なことでも有るのですか」と、妻が重い口を開いた。

「ああ、息子の様子をね。虫の知らせというか、少し気になって。どうやら、かなり悪いらしいよ。もう直ぐ、迎えてやることになるかもしれないよ」と、呟いた。

「まあー嬉しい！　あの子に会えるのね。何年振りかしら。本当におめでとうございます。良かったわ」妻が嬉しそうに答えた。

「まあ、めでたいのは、めでたいことだが。あいつが、あちらでの人生を後悔なく、後ろ髪を引かれることなく、全うしてくれることだけを、親として祈るばかりだよ」

「本当に、そうですね。歓迎会の準備をしなくちゃ。いつになるのかしら」妻は、お爺さんの話も上の空で、ソワソワしている。余りにも妻が嬉しそうに話すので、お爺さんも、思わず微笑んだ。


美しい野原を横切った突き当たりが、家の有る天界ニュータウンのエリアになっている。同じ間口の、上品な家が立ち並んでいる。ただ家の高さが、ニュータウンのブロック毎で、統一されている。


美しく広大なニュータウンの、一番端のブロックに、平屋建ての住宅エリアが有る。

このエリアの中程、緑地公園横に、お爺さんの住む家が有る。

その奥のブロックは二階建て住宅エリア。

その奥のブロックは三階建て住宅エリア。

その奥は四階から二十数階の高層エリアと、それ以上の超高層のエリアが、果てしなく続いている。ブロックとブロックの間は、美しい公園の緑地帯で区画整備されている。

遥か海の向こうには、外国の天界住宅ブロックのエリアが、広がっている。

古来より、天界ニュータウンの区画整備区分は、ブロック別の階層が、墓や墓所の基準で、そこに祀られる霊の世代別に、区分されている。

一世代なら平屋建て住宅、二世代なら二階建てと、世代毎に階高が高くなることから、とんでもない高層住居エリアや、特別エリアが存在している。

下界で、功績の認められた偉人、著名人等は、一般天界住人との混乱を避ける為、豪華な特別天界エリアに入居が定められる。歴代の有名な政治家、事業家、文化人、研究者や学者、映画監督、俳優、女優、歌手、演芸部門の名人、人間国宝、スポーツ選手、他の多種多様な人達が、下界で培った能力に、天界でより一層の修練を重ねている。

当然のことながら、下界をはるかに凌ぐ錚々たる顔ぶれが、揃っている。

天界では春と秋の、お彼岸が終わった頃に、各分野の成果発表会を兼ねた、大イベントが開催される。著名人達の公演会、芸能や演劇の舞台、コンサート、新作映画の上映、展覧会、スポーツの交流試合等が行われ、天界住人の一番の楽しみと成っている。

特別高層エリア内は、戦国の世を終わらせた徳川家が、十八階建ての高層住宅タワーにお住まいだし、鹿児島の島津家は、三十階を超える超高層タワー住居となっている。

最高階層は勿論、天皇家の百二十四階建ての特別超高層エリアで、これらは天界の特区エリアに指定されている。

エリアの外周は堀で囲まれ、高い城壁で区画されている。

特区エリアは、二十四時間警備体制が敷かれ、空中浮遊セグウェイ型警備車両に乗った天界特別警備隊が、終始パトロールしている為、一般住人は近寄ることすら許されない。

親子、兄弟姉妹、親戚だろうが、お墓が違えば住居エリアやブロックが違ってしまう。

ましてや、知人、友人も当然、違ってくる。

第三章　お墓の概念

天界での住居の区画割は、厳正なる天界法規が定められ、厳格に執行されている。
勿論、下界の住人は、知る由もない。

少し前のヒット曲で、『〽私のお墓の前で泣かないで下さい。そこに私はいません、眠ってなんかいません』と、唄われていましたが、大きな間違いです。

霊は天界にお住まいですが、年に数回だけ、お正月とお盆、春と秋のお彼岸には、下界ツアーを決行されますし、お墓は、その期間のベースキャンプ的な役割を果たします。

平常時は、天界と下界とを結ぶ、レーザー発信型パラボラアンテナ基地として、重要な役割を担っているのです。

元来、日本人は『墓』の概念を大切にしてきました。先祖代々が受け継ぎ、丁寧に供養し、守り続けてきました。親から子へ、子から孫へ、未来永劫受け継ぎ、祖先の『霊』を祀ってきたのです。

昔、ＴＶコマーシャルで『墓のない人生は儚い人生です』と、ラジオパーソナリティの浜村淳さんが言っておられましたが、そのキャッチコピーは大正解なのです。

勿論、製作プロデューサーは、単なる語呂合わせの発想でしょうが、その年末の天界アワードで、お墓地位向上協議会の推薦を受け、『下界グランプリ大賞』を受賞しました。

下界では昨今、少子化問題が大きな社会問題となっている。

結婚しない成人男女。子を持たない夫婦が増加し、自分が死んだ後の墓の相続、存続を憂い『墓じまい』を、強行する薄情なケースが頻発している。

お彼岸、お盆ですら墓参りもせず、雑草だらけの荒れ果て、朽ち果てる墓を、多く見かけることは、非常に嘆かわしい。

この影響が、天界で大きな社会問題と成っていること等、下界の住人は知らない。

外見は仲の良かった御夫婦でも、男性が先に亡くなられた後に、結婚当初に姑に虐められたことを、後世までも根に持ち、その腹いせに、同じ墓に入るのは嫌だと言い出す。

独断で『墓じまい』を強行突破し、自分は溺愛するペットと共に、駅近ビル内のマンション型墓地に入居する様な、身勝手なケースも増加している。

又、故人の遺志を尊重するとの主張から、海や山での散骨なども、増加傾向に有るが、これらの子孫の愚行に、天界住人議会から、反発の声も上がり始めている。

それと侮れないのは、最近、下界で流行の樹木葬墓地とか、公園墓地や、○○墓地等と安価な永代供養料を餌に、下界一般住人を餌食にしようとする金儲け主義の、俄か宗教団体等が急増している。

派手なキャッチフレーズの広告文句に踊らされ、死者や霊の尊厳が軽視されている。

この風潮は、墓の管理、永代供養を安易に考え、御先祖様を蔑ろにする子孫達の愚行に他ならない。

また、親戚、友人、知人、近所付き合い等が疎遠に成ることで、成人男性、女性、高齢者達の、一人暮らし世帯での孤独死が増加している。警察での肉親身元調査後、遺族に連絡をしても、肉親である遺体の受け取りすら、拒否する事例が、年々増加している。

これらにより、集合無縁仏塚などに埋葬される死者が増加傾向に有るのも大問題である。

無縁仏塚に埋葬される死者は、肉親と同じ墓に埋葬して貰えなかった屈辱だけでなく、天界入場後、天界での地位、待遇面で大きなハンディキャップを、背負わされることになる。

自身の死生観や、確固たる信念も持たず、安易に埋葬方法を、独断で決めてしまう。

個人の自由だとか、個人の意志を尊重しろと言う前に、自身が存在している意義が、御先祖様からの、大切なメッセージであることを、肝に銘じないとならない。

その理念を理解した上で、『御先祖様を祀り供養する墓を持ちたい』とする子孫達の考えは尊く、貴重である。

その場合、慎重に親族間で協議の上、適正な運営宗教団体を選定し、子孫達が墓参りし易い環境であれば、後々の子孫達にも、その美しい心を未来永劫受け継いでゆける。

天界で見守られる御先祖様達も、さぞ、お慶びになられるだろう。

その美しい日本の真心を、未来永劫、消滅させてはならない。

最近の天界での住宅事情は、これら下界の影響を大きく受け、混沌としてきた。

既に、天界での住環境バランスが崩れ始めている。下界では、理解される筈もないが、『墓じまい』を一方的に強行された側の、天界の御先祖様は、天界民生事務局からの住居強制退去命令通知書を、受ける事態を招く。

終の棲家として永年、平和に住み慣れた、住居ブロックエリアの家を追われ、下町エリア内の巨大な無縁仏共同ホールの建物に、強制転居させられる。

建物の外観や名称は立派でも、内部は簡易の間仕切り壁が、申し訳程度に設えられ「難民の避難所の様だ」と、劣悪な環境に、転居天界住人の評判が頗る悪い。

強制転居の度に、各ブロック内の住み慣れた、終の棲家は空き家となり、エリア内の都市空洞化問題も、治安上の大きな問題となっている。

空き家が増えると、ゴミの不法投棄や、不審火、犯罪等が増える。

空き家の不正利用が、犯罪の温床となるケースも見られ、天界でも社会問題化している。

自分達の平穏な生活を、一変させた子孫達の無責任で、不義理な行動に対する不満も、日に日に大きくなり、天界中を揺るがす大問題に発展しつつある。

先日、大ホールの掲示板に、『不義理子孫被害者の会を発足させよう！』と、横断幕やポスターが貼られ、ホール前広場では、署名活動も始まっている。

こんな非常時に、横行するのは、「役所からの連絡です。貴方方の子孫に、厳しく注意勧告しますよ」と、高額振込させる等の、特殊詐欺グループの活動が活発になっている。

そんな詐欺事件を知らせる記事が、毎日の様に天界新聞の一面を賑わせている。

各局の天界ケーブルテレビでも、天界住人に注意を促す特集番組が、毎晩ゴールデンタイムに放送されている。

古来より、平和な天界での引っ越しや転居は、基本同じブロック内では、発生しない。世代が上がるたびに、平屋から、二階、三階へと転居するのが通常で、大部分の引っ越しは、世代交代により階数が、上がるブロックへの転居であった。

ところが最近、下界での独り住まいでの孤独死、コロナ蔓延によるパンデミックや、多発する地震災害、異常気象が原因による大雨の水害等で、死者数が異常増加することで、天界移動申請件数が、増加傾向にある。

この事態を受けて、遂に天界政府も重い腰を上げ、無縁仏共同ホールに収容しきれない天界住人の為の、新しいホールの建設工事議案が、天界議会で、満場一致で可決された。

しかし、天界官僚による賄賂や、天界族議員による裏金問題、天界役人による入札価格の漏洩、談合、収賄問題が後を絶たず、天界政府への政治不信を招いている。工事業者も、建設コストの高騰等で、予算が圧迫された為、住民説明会もなく、業者の利益を優先する為に、安価な仕上げ材の不正使用も、後を絶たない。業者による手抜き工事も横行し、天界入居住人の不満が、爆発するのも時間の問題となっている。

生活苦からの、労働者の賃金アップを求めるストライキも頻繁に発生し、工事ストップによる、工期の延長が心配されている。

実際、いつ完成するか分からない為、平和な終の棲家を追われた、強制転居天界住人が行き場を失っている。

下界から天界への入場者数増加により、新規入居住人の申込件数が増加していることも重なり、無縁仏共同ホールは、入居出来ない順番待ちの住人で、溢れかえっている。

天界政府は、天界住人の暴動を抑える為の応急処置として、簡易宿泊テントを設置したが、テント数は日に日に増える一方で、このエリアは、もはや難民キャンプの様相を呈している。

第四章　天界の、ならわし

この天界には古来より、独特な慣例や慣習が、『天界の、ならわし』として存在する。

天界住人の生活は、年金支給により賄われている。

年金支給額は、天界年金事務局での、厳正な審査の上、決定される。

下界での生存年数、職歴、功績、罪歴により基本年金額が定められ、その後の天界での死存年数等により、等級が細かく定められ、天界住人に支給されている。

それと、下界での子孫の思想、行動基準等の監視体制強化により、墓参りの回数、墓掃除の丁寧さによる墓石のピカピカ度、先祖供養時の気持ちの入れ方の調査状況等が、厳格に審査され、優良子孫を持つ先祖として認可された天界住人は、通常年金に加え、特別恩給が支給される。

当然のことながら、不義理な不良子孫を持つ天界住人は、通常年金から減額される場合もある。この特別恩給は、通称『優良子孫様様恩給』と呼ばれ、天界住人の誉れとされている。天界年金事務局からの年金支給だけで、生活出来ない住人は、天界労働基準監督事務局の就職斡旋窓口に、就労支援申込申請書を提出する。

天界での死存期間が長くても、不義理子孫の愚行による多大な年金減額や、最近の社会情勢による物価高等により、申請窓口前には毎日、長蛇の列が発生する。

後日、事務局から、下界での就労経験等を、審査された職業決定通知書が送られ、様々な職種に、一方的に振り分けられる。住人の意思や希望、変更願は却下される。

こんな緊急時でも、少しでも楽な仕事を望む住人から、就労斡旋担当役人への、賄賂問題が多発している。

ただ、事務局自体も人手不足で、職業決定通知書が届くまで、かなりの日数を要する。その就労未決定期間、住人は生活の為、多種多様なアルバイトで、生活費を捻出する。

下界で頑張って功績を挙げた天界住人や、本人は怠け者でも、下界在住子孫の素晴らしい行動による特別恩給等で、悠々自適な生活を謳歌する、ゆとり年金受給住人と、貧困住人との、生活格差拡大傾向が著しい。

これもまた、天界政府の頭の痛い問題だ。

優良子孫を持つ、誉れ高い天界人は、『優良子孫様様恩給』だけでなく、数々の特典や特別サービスを受けることが出来る。天界住人は基本、自分の住居ブロック、エリア外へは、立入禁止規制が有る。『優良子孫様様恩給』特典を持つ天界住人は、特区以外のブロックのエリア等、天界内をどこへでも自由に、往来の出来る特権が認可され、通行許可書が配布される。

しかし、通行許可書の認可が下りない、一般天界住人は、面倒な申請書を提出し、厳しい審査をクリアーしないと、特区以外のブロックのエリアへは、往来出来ない。

許可が認可された場合でも、厳しい行動制限付きとなる。

下界へは、お正月とお盆、春、秋のお彼岸だけは、自由に往来することが出来る。

天界では『下界ツアー』と呼ばれている。但し、天界の決められた刻限に戻れないと、恐ろしい罰則が科せられることになる。場合によっては、住居エリアの家を強制没収されるだけでなく、最悪の場合、天界からの追放命令が下される。例の、巨大無縁仏共同ホールエリアの住人は、お正月とお盆、春、秋のお彼岸以外は、エリア外へ自由に移動することが、禁じられている。勿論、下界へ行くのも可能だが、申請書提出が義務付けられ、認可されても行動が制限されている。

しかし、こちらの住人達は、不義理な子孫に、独断強行で『墓じまい』されたことを恨み、下界の魅力も薄れてきた為、共同ホール住人からの下界通行許可申請件数は、年々減少傾向にある。

昨今、天界と下界との関係性が薄れ、大きく住環境バランスが崩れてきているのも、天界政府にとっては、放置出来ない問題である。下界の住人は、このような様々な天界の、慣例・慣習を知る由もないが、何れ天界の門をくぐる時に、後悔しても後の祭りである。

親として御先祖様を供養している姿を、下界に残る子供達が、普段から見ている為、親以上に、御先祖様を丁寧に供養する、行動は期待出来ない。

結果、天界年金支給は減額され続ける、負の連鎖が止まらない。

第五章　天界入場時の決まり事

人間は生を受け、運命により定められた寿命を全うする。

その人生が長かろうが、短かろうが、与えられた命を完全燃焼する。人生は、よく蠟燭に例えられる。蠟燭の太さや細さ、長さ短さが人生そのものとされる。

蠟燭の大きな炎が、ゆらゆらと揺れ、炎が消えた時に、寿命が尽きると言われているが、言い得て妙である。


その寿命が尽きることを『死』と、表現される。

運命により定められているといえども人の死に方も、老衰死、病死、事故死、自死、自然災害死によるもの等、様々である。

死により、肉体に宿っていた魂が、肉体より離脱する。魂は四十九日間、生きていた地上空間を自由に浮遊することが出来る。魂はこの時間を利用して、自身の人生を振り返り、人生の答え合わせの為の旅をする。人生の思い出深い場所を巡る。縁の有った人達を訪ね、最期のお別れを告げる。

この期間が満了すると、魂は霊となる。

死神に例えられる導きの担当役人の案内で、下界と天界との境界線である、三途の川の畔に聳える、『天界総合案内センター』まで、添乗ガイドサービスを受けることが出来る。

このセンター受付窓口で、申請すると、地上での人生の審判を受け、閻魔大王の裁定が下される。

一昔前は、総合案内センターの最上階にある裁判所で、閻魔大王直接の裁定を受けた。しかし何分、大王もお年をめされたことによる、記憶間違い、視力の低下、裁定ミスが多くなったことや、天界入場申請件数の極端な増加により特別な場合を除き、コンピューターによる、データー審査のみとなった。

人生を真面目に、清く、正しく生き、裁定で「優・良・可」の審判を受けた霊は、三途の川の畔の舟着き場に、役所からの事前通知を受けた天界在住の身内の霊が、舟で迎えに来てくれている。

罪を犯し、問題の有る霊は、「不可」の裁定が下る。

その場合は鬼に例えられる恐ろしい強制刑務官に連行され、地獄界と呼ばれる、違う世界へ強制送致される。その地獄が、どの様な恐ろしい世界なのか、天界住人には、知らされていない。

下界での未練を断ち切ることが出来ず、行き先を失い、裁定を受けることすら出来ないで、下界で浮遊霊として、悲しく彷徨い続ける幽霊も存在する。

霊の形態も様々である。

霊の姿は死装束を纏っている。

体に白帷子に六文銭の入った頭陀袋を下げ、頭には天冠を付けている。足には脚絆を巻き付け、足袋、草履を履いている。手には手甲を付け、数珠を巻き、杖をつく旅姿である。

病気で亡くなった人の霊は、痩せ細り蒼白い顔をしている。事件、事故や天災等で亡くなった人の霊は、処置を受け包帯をぐるぐる巻きにされた状態や、処置を受けていない場合は血まみれの霊や、肢体の損傷、損壊の激しい霊、焼死された黒焦げの霊など、亡くなった状態のお姿のまま、死装束の旅姿をしている。

天界への審判を受け、入場許可の裁定を受けた霊は、天界の門をくぐり、三途の川の畔まで移動する。

霊が川べりの舟着き場で、迎えに来てくれた身内の懐かしい顔を探し出す頃には、不思議な事に、事件、事故や天災、火災等で亡くなられた霊も、それぞれ以前の、元気なお姿に変化している。

死装束姿も、生前の一番愛着のある、衣装に変化している。

懐かしい身内との再会を喜び合った後、同じ舟に乗り合わせ、天界へと入場してゆく。

第六章　天界住宅の家族構成

平屋建てエリアの中ほどの緑地公園の隣、神田と表札が掲げてある門を、お爺さんと妻がくぐり、自宅に戻ってきた。

一昔前は、表札表記は全て戒名表記であったが、天界郵便局の配達員の、誤配送が増加した為、下界での俗名表記に変更となった。

天界政府直轄運営の、天界人管理事務局発行の、『マイ天界ナンバーカード』が個人に支給され、申請書等のペーパーレス化が始まり、天界住人の生活も大きく変化した。

これも、天界政府が導入したスーパーコンピューター『安楽』の開発が大きいらしい。これらのコンピューター等の開発は、天界特別エリア在住の発明王や、下界での各分野での研究開発先駆者達の活躍が大きい。

元々、自身の研究開発成果が、子孫に受け継がれた為、お盆などの下界ツアー視察時に霊として容易に、不法侵入、盗聴、透視、データー抜き取り作業を、悪びれることなく、実施する。下界での各分野研究施設への、壁すり抜け無断立ち入りや、姿が見えない利点を最大限に生かした盗聴、透視、最新開発機密情報のデーターを簡単に搾取し、天界へ持ち帰ることが出来る。これらの理由により、開発水準、開発速度は下界よりも、遥かに進化している。

「ただいま。遅くなって悪かったね」家の玄関で、お爺さんが大きな声で挨拶したが、返答がない。

奥の部屋あたりから、何やら騒がしい声が聞こえてくる。

部屋のドアを開けると案の定、女性二人が口喧嘩をしている。

お爺さんの一番目と二番目の妻である。「どうしてお前達は、いつも顔を合わせると喧嘩ばかりするのだ！　一つ屋根の下で暮らしているのだから、仲良く出来ないか」お爺さんが、困り顔で仲裁に入った。

お爺さんを迎えに来たのは、三番目の妻であった。

お爺さんは、実は三回結婚している。

一回目の妻は、爺さんが二十二歳の時、二つ下の幼なじみと結婚した。

幸せに暮らしていたが、妻が二十五歳の時に肺結核を患い、看病の甲斐なく亡くなった。

子供は居なかった。

お爺さんの悲しみ様は大変なもので、生きる気力を亡くし、暫く仕事も手に付かず、一日中、酒ばかり呑み、生活は荒れていた。お爺さんを心配した友人達の、励ましを受け、ようやく立ち直ることが出来た。

一年の月日が流れていた。爺さんは、二十八歳に成っていた。

仕事に復帰し、真面目に暮らし始めた。お爺さんは、施設で育った孤児で、両親の顔を知らない。近所の寺の墓地に、妻の為のお墓を建て、丁寧に供養した。

いずれは自分も入る、お墓となる。四十九日の納骨の法要を、無事に済ませた。

元来、真面目な働き者の、お爺さんは仕事の合間に、墓参りを欠かさなかった。花を供え、水を換え、蠟燭と線香を立てた。時には、妻の好きだった饅頭なども供えた。

墓前に手を合わせ「俺も、間もなく、そちらに逝きますから、それまで、ゆっくり休んで下さい。どうぞ、天国から見守って下さい」と、妻に語り掛けた。


妻を亡くして、五年の月日が流れていた。

「いつまでも、一人でいては駄目だ」と、世話好きの知人の、強引な紹介を断り切れず、お爺さん三十二歳の時に、二十七歳の二番目の妻と結婚した。

よく気の利く働き者で、前妻の仏壇に、お茶とご飯を供え、手を合わせてくれる優しい女性だった。そんな二番目の妻を愛し、仕事にも益々真面目に打ち込み、生活にも余裕が生まれた。墓参りも欠かさず、眠る前妻も祝福してくれていると、思っていた。

一九六〇年、夫婦は待望の第一子を授かった。お爺さん三十六歳、妻三十一歳だった。

仕事帰りに、産婦人科病院に通い、可愛い長男をガラス越しに、デレデレと眺めていた。

幸せの絶頂時に突然、院長先生から妻の病状の説明があった。

「産後の肥立ちが悪く、羊水が母体の血液に流入し、羊水感染症を発症していて、母体が危険な状態にある」との説明を受けた。

お爺さんと妻の両親は、不幸のどん底に突き落とされ、言葉を掛け合うことすら出来なかった。

懸命の看病も、祈りも届かず一週間後に妻は、息を引き取った。

嘸《さぞ》かし、無念で有ったことだろう。

少ししか抱くことが出来なかった息子を、妻の横に添い寝させてあげた。

爺さんは、号泣することしか出来なかった。慣れない息子の世話をしながら、涙に暮れていた。一番目、二番目の妻に先立たれ、つくづく不幸な人生だと、自分の運命を憎んでばかりいた。

しかし、前妻を亡くした時の様に、落ち込んでいる場合じゃない。

今は、息子がいる。

息子の為に頑張って、生きないといけない。何も分からず無邪気に笑う、赤ん坊に誓った。妻の両親の献身的な協力もあり、徐々に生活を立て直していった。

墓で二番目の妻の納骨法要を執り行った。赤ん坊を抱いての法要は、涙、涙の法要となった。手を合わせ「天国で、二人仲良くしてね。俺も精一杯、頑張るから、息子の成長を見守ってね」と、祈った。

それからの生活は、大変だった。

仕事と子育てとの両立は難しい。赤ん坊は、笑っている可愛い時ばかりではない。仕事の忙しい時の夜泣きには、手を焼いた。妻の両親も高齢の為に、そんな頻繁に頼ることも出来ない。必死の思いで、二年間は頑張り通した。

既に、精神的にも、肉体的にも限界を超えていた。

見るに見かねた、例の世話好きの知人が、世話をした女性が、夭折したことを申し訳なく思ったのか、今の状況を了解した上で縁談を受けてくれる女性を、紹介してくれた。

お爺さん三十八歳の時に、三十四歳の三番目の妻を迎えた。

三番目の妻は初婚であるにも拘らず、息子を我が子の様に可愛がり、育ててくれた。一番目、二番目の妻の眠る墓、仏壇の供養も丁寧にしてくれた。お爺さんは、妻に感謝し、気遣い、特に健康に注意をはらった。息子は小さかったので、三番目の妻を本当の母親と思い、すくすくと成長してくれた。

お爺さんも、幸せだった。

この妻に子供を授かることは出来なかったが、ようやく、安定した幸せを摑むことが出来た。

それから、息子を立派に成人させ、妻と二十五年間、幸せに過ごしたのち一九八七年、肺癌を患い、六十三年の生涯を閉じた。

妻と息子により、一番目、二番目の妻が安らかに眠る墓に、納骨法要された。

その三年後、三番目の妻も、お爺さんの三回忌法要を無事に済ませ、ほっとしたのか、流行病を患い、あっけなく六十三歳の生涯を閉じた。

三人の眠る墓に、丁重に納骨法要された。

お爺さんの建てた墓には、本人と一番目、二番目、三番目の妻が祀られている。


天界ニュータウンの平屋建てブロックエリアの神田家の住居は、一九五一年に一番目の妻が二十五歳の若さで、最初に入居した。その九年後、二番目の妻が、三十一歳の若さで入居した。九年後と言っても、下界での時間軸で、天界では「アッ」と、言う間である。その次に、その二十七年後の一九八七年に、お爺さんが六十三歳で入居した。その三年後、三番目の妻が、六十二歳で入居した。

暫くはこの四人での生活が続くと思われた矢先、その二年後の一九九三年に、役所から二世代の所帯となる為、二階建てブロックへの引っ越しの転居通知が、突然届いた。

びっくりして、通知内容を見ると、息子の最初の妻が、三十三歳で近日入居予定との表示が記載されていた。

慌てて、四人全員で引っ越しの荷造りを終え、二階建て住居への転居を行い、息子の妻を受け入れる準備を済ませた。勿論、依頼した引越し業者は、天界引越しサービスである。

それから、この二世代、五人の奇妙な家族の生活が始まった。

早いもので、今年で三十年間程続いていることになる。

一番目と二番目の妻とは、お互いを認め合い、信頼し、基本仲が良いのだが、年齢が近いことも有って、顔を合わせると些細なことで、口喧嘩ばかりしている。

まあ、こちらの生活は一定のルールさえ守れば、楽しいことばかりで平和だが、言い換えれば退屈でもある。だから、ストレスの発散のガス抜きが必要なのかもしれない。

喧嘩の理由は本当に、たわいのないことばかりで、私の方が主人から、愛されていたとか、いないとか。私の方が愛しているとか。私は誕生日に、あなたの様なプレゼントを貰ってないとか、貰ったとかあなたはレストランで〇〇を食べさせて貰ったのに、私は食べていないとか。旅行がどうした、こうした程度の、くだらないものばかりである。

でも、そんな二人にとって、頭が上がらないのが三番目の妻の存在である。

やっぱり、自分の産んだ訳でもない息子を、愛情一杯に育てて貰った恩義を、感じているのだろう。二人とも、本当に感謝していると思うよ。

あっ！　そうそう、新入りの息子の最初の妻はこの家のアイドルで、家族全員から愛され大切にされている。

彼女自身、天界暮らしにも慣れ、幸せそうにしてくれている。

なんだかんだ言っても、五人で仲良く、二階建て住居で、幸せな天界生活を満喫している。

第七章　覗いた下界の情景

《天界住宅での家族構成の話で、横道にだいぶ逸れてしまった。お爺さんが帰宅した場面に話を戻そう》

「さあ！　みんな、夕飯にしよう。集まっておくれ」お爺さんが声を掛けると、今度は直ぐに集まり食卓を囲み、五人が顔を合わせた。

みんな、健康的で綺麗な顔をしている。

「食事をしながらで良いので、真面目に聞いてほしい」お爺さんが切り出した。

「今日、少し下界を覗いてきたのだが、息子が、近々入居すると思う」

「あなた、また、『覗きの井戸』へ行かれたのね。危ないから止めて下さいと、お願いしていましたのに」

「まあどこか悪いのかしら。でも、おめでとう。嬉しい。もう直ぐあの子に会えるのね」

「お祝いをしましょうね」

「歓迎の準備に取り掛かりましょう」等々。全員口々に話し始め、喜びを表現している。

全員の顔が笑顔に包まれ、和やかな雰囲気に包まれている。

「息子の話をする前に、少し余談になるが下界を覗いていた時に、嫌なものまで見えてしまった。絶対に口外はしないでほしい。

一軒隣の天野《あまの》さんだが、みんなも知っている通り、奇跡的に我が神田家とは、下界の頃より御縁が深い。長年に亘り仲良くさせて頂いている。

天界では、ご両親と天野さんのご主人が、二世代で、このブロックに来られてからの御縁だから、早二十年余りが過ぎている。家族旅行に行かれた時のお土産も、度々頂くし、何かと、お気遣い頂いている。礼儀正しく、きちんと挨拶もされている。性格も温厚で、住人の信任も厚いことから、エリア内のブロック支部長も歴任され、世話好きで、大変立派な人だと思う。近隣住民としては申し分ない人で、俺達家族も、何かと頼りにしている人物だ。

天野さんと、先日散歩帰りに偶然会って、少し立ち話をした。

その時に、少し気弱になっておられた。

『早く、奥さんに会えることだけ、指折り数えて待っている』と、言っておられた。

寂しいのだと思うよ。

俺も挨拶程度に『早く来られたら本当に良いですね』と、言っておいた。

ところが、今日下界を覗いていた時、天野さんの奥さんが、どうやら、下界で再婚されたみたいなんだ。

老人サークルで知り合い、活動するうちに、意気投合した、同じ歳の方らしい。

老い先短い一人での生活や健康不安から、パートナーを求める気持ちは分かるのだがね。

下界では、この天界ルールを知らないから、無理もないのかもしれない。

お互いの相性も良く、とても仲の良い御夫婦の様子で、この先その御主人側の墓に入られたらと思うと、天野さんが気の毒で、言葉を掛けることなんて出来ないよ。

みんなには伝えたが、くれぐれも口外しないでおくれよ。くれぐれもだよ」

お爺さんが、お茶を一杯ごくりと飲み、気を取り直し、厳かな口調で、話し始めた。

「実は、嫌な胸騒ぎがして、井戸を覗いてきた。やはり、虫の知らせが的中したようだ。

下界で、息子が奇しくも俺と同じ六十三歳で人生の幕を閉じようとしている様なんだ。

間もなく、天界の我が家に、入居することになると思う。もう直に、役所からの通知で、正確な日時も通知されることだろう」

「まずは、『覗きの井戸』で見てきた、我が息子の人生の全てを話すので、みんなで、真面目に聞いておくれ」

第八章　余命宣告

　夏の異常な酷暑の話題で、持ち切りだった先週のニュース番組のキャスターが、今日は「朝夕の外出時に、ジャケットの様な、羽織れる服を準備するように」と、伝えていた。

　最近は季節の移り変わりが急すぎて、気持ちが追い付かない。

　子供の頃によく見た、真っ赤な夕焼け空の、美しい秋の情景を、懐かしく思い出す。

　そう言えば今年は、あんなに騒がしかった蟬の鳴き声も、盆あたりでピタリと止んだ。今年は赤とんぼも、あまり見ていない。

　そんな、どうでも良いことばかりを、ぼんやりと考えていた。


　病院の診察室前の、黴臭く薄暗い待合通路に、外の気配を知らせる窓はない。

「神田さん。神田さん。診察室へお入りください」若い看護師さんの声が聞こえた様な気がした。

「あなた。診察室に……」隣に座っていた妻の、か細い声に促されて、少し硬めの長椅子から、重い腰をあげた。背中に手を添えられ、診察室に入った。妻が先生に丁寧にお辞儀をする。

続いて、私は軽い会釈をしながら、先生の前の丸椅子に座った。

銀縁眼鏡を掛けた、冷たい感じのする若い先生。学生時代、恋愛も、アルバイトもせず、勉強ばかりしていたに違いない。同じクラスメートでも、絶対に友達には成りたくないタイプだ。

まあ、向こうも、そう思っているだろう。

丁度、一週間前の十月十日に会社で、脇腹の激痛から意識を失い、倒れた。

部下が連絡してくれた、救急車でこの巨大な救急病院に、搬送されてきた。銀縁野郎とは、それからの付き合いとなる。救急処置室で処置対応してもらい、そのまま直ぐに、検査入院となった。

その時は痛みが、処置で直ぐに治まっていたので、「検査ぐらいで入院させるなよ」と思いながらも渋々、仕事の調整を慌てて済ませ入院した。部下にも「二～三日で戻るから、後は宜しく頼む」と、言い残していたのに、今日で一週間にもなる。

この一週間は毎日、レントゲン撮影から始まり、血液検査、ＰＥＴ検査、ＭＲＩ検査、腹部超音波検査、内視鏡検査等を、坦々と、検査を熟すだけの退屈な日々が続いた。

その合間に、会社の部下や、知人、友人の見舞いを受けた。

娘が孫娘を連れて見舞いに来てくれた時は、孫が病室で走り回るので、同部屋の、大山《おおやま》さんに注意された。大山さんに申し訳ないが、孫は可愛かった。

デスク上に置かれたパソコンの、左右二画面に映しだされたレントゲン画像とMRI検査画像、手元の検査別データー書類を交互に見ながら、手元のキーボードを操作する。前の壁に掛けられた、照明の消えたままの、シャーカステン。

昔は、レントゲン画像を診る為に、活躍していたのにパソコンの普及で役目を終え、今では、味気ない簡素な診察室の、立派なオブジェの様になっている。

「神田さん、検査の結果をお伝えします」銀縁野郎が、エッジのきいた金属片の様な、無機質の冷たい声で語りだす。何故か、患者と目を合わそうとしない。

「膵臓癌ですね。ステージ4ですね。余命は三か月と、思われます」

余りにもストレートな物言いに、不意打ちを食らい、気持ちが追い付いて来ない。

こんな時は、ドラマの世界の様に、患者本人に直接伝えずに、最初に家族に伝えたり、もっとオブラートに包んだ様に、優しい伝え方をするべき場面じゃないのか。

そんなドラマの一シーンを思い出していた。

まるで他人事の様にボーッと、ただ、聞き流していた。


出来れば、余命宣告など無しで、永遠の嘘をつき続けて貰いたかった。

せめて、二年とか三年の余命宣告なら、体の衰えと相談しながら、旅行にも行けたし、バケットリストなんかも書いたりして、順番に熟せただろう。

だが三か月って、何も手につかない。気持ちを立て直すことすら出来ない。

こんな宣告なら、貴方の余命はあと五時間ですと、宣告された方が、よっぽど潔いと、感じたに違いない。

後方で、黙って先生の話を聞いていた、妻の涙声が聞こえてきた。

「先生！　手術で治らないのですか？　何とか、助けて下さい！　お願いします！」

「んー。そうですね、ご主人の場合は検査の結果、癌が膵臓だけでなく、その周辺のリンパ節に浸潤しており、重要な血管にまで入り込んでいると思われます。遠隔転移も想定され、離れた臓器やリンパ節にまで広がっている可能性が有るので、技術的に手術での切除不可能と判断しました。期待の出来ない無理な手術で、患者さんの体力を奪うより、四階の緩和ケア病棟で、穏やかな日々を送って頂くことが、賢明だと思います」

俺は話を聞きながら、まあ、よくもこれだけ感情の欠落した言葉を、淡々と話すことが出来るものだと感心してしまった。この銀縁野郎にとっては、あくまで患者の一人に過ぎず、流れ作業的に労働を熟しているだけなのだろう。

早く次の患者の診察に移りたいとしか考えていないのだろう。

そういえば昨日、同室の大山さんが退院される時に、「神田さんも、良い検査結果が出ればいいですね。間違っても、四階に行ってはいけませんよ。あそこに入って元気に帰ってきた人は、居ないらしいですよ。四階は墓場です」って、要らない話を、教えられたのを思い出した。

妻は涙を流しながら、懸命に先生の話を聞き頷き、相槌を打つのが精一杯の様だった。

その妻の悲しむ姿を目の当たりにした時、初めて事の重大さに気づき始めていた。

急に心臓の鼓動が、バクバクと脈打ち、体中に響いて波打っているのが分かった。

背中に生温かい汗が、一筋流れた。


病室に戻ってきた。

暫くベッド脇の椅子で泣いていた妻が、「これから一緒に頑張って、奇跡を起こしましょう！」と、勇気づけてくれた。

「勿論！　俺はそんな簡単に、くたばりはしない」と、空元気から声を振り絞ったが、声が上手く出ていなかったと思う。妻が色々と話してくれたが、上の空だった。

妻の帰ってしまった病室に、一人取り残されていた。

窓の外に目をやれば、もうすっかり日が落ちて、すっかり暗くなっていた。

ベッドの簡易テーブルの上で、手付かずの冷めた、晩御飯プレートが、下げられずに、寂しそうに待ってくれていた。

寒気を感じて、上布団を手繰り寄せた。

俺が、膵臓癌のステージ４。手の施しようのない末期癌。余命三か月。

家族の為に我武者羅に、突っ走ってきた。仕事ばかりの人生だった。

これから仕事を、徐々にリタイヤして、妻と一緒に人生を楽しみたいと、漠然と計画を立て始めていた矢先だった。

だが、今日一日の出来事が、全てを打ち砕き人生の計画は、全て白紙に戻された。

それどころか、この肉体さえ、見る見るうちに衰弱し、朽ち果ててゆくのだろう。

死を待つだけの残された三か月。

晩御飯プレートの、冷めて干からびた煮物が、自分の人生とオーバーラップした。

一粒の涙が流れ始めると、堰を切った様に、やがて嗚咽となり、布団に潜り込んだ。

今の今まで、自分は強い人間だと、自覚していたつもりだった。

しかし、想像もしなかった、自分の弱い部分が、津波の様に押し寄せてくる。

意味のない後悔ばかりが、頭に浮かんでくるが、その度にこれが俺の運命だから、仕方ないと自分で直ぐに打ち消すが、何の慰めにもならない。

いつの間にか、眠ってしまっていた。


余命宣告の次の日、外出許可をもらい、妻と娘夫婦と孫の五人で、墓参りに行った。

溺愛する娘の、夫である義理の息子。

「娘さんと結婚させて下さい」と、挨拶に来てくれた時の第一印象から、俺達夫婦は、この男のことが大好きになった。義理ではあるが自分の息子の様に、可愛がってきたつもりだ。社会的にも優秀で、仕事先での評価も高いらしい。

まあ、親としては、健康で、娘を愛していてくれれば、それだけで満足だけどね。結納式の席上、両家顔合わせで、御両親様と色々な会話をさせて頂き、意気投合した。素敵な御家庭で育ったのだなと、改めて感銘を受けた。その後の結婚式で、御紹介頂いたお兄様も素敵な方で、俺達夫婦は、義理の息子家族が大好きになった。

まあ、先方が、どの様に思われているかは別問題なのだが。

義理の息子の運転する車で、墓地まで送ってもらった。

忙しい仕事を無理に休んで、来てくれたのだろう、申し訳ないことをした。

車窓から見える景色は、俺がこんなに辛い経験をしているにも拘らず、一週間前と何も変わっていない。

運送コンテナ車輛から忙しそうに荷物を下ろして、急いで駆け出す配送の若者。行く当てもないのに道端で談笑する、時間を持て余した老人達。自転車の前と後ろに幼児を乗せて、かなりのスピードで走り抜ける、若いお母さん。よろよろ、ふらふらと、今にも転倒しそうなスピードで自転車に跨る、年老いた婆さん。若いお母さんと老婆の、自転車同士が微妙なタイミングで交差する。

「危ないよ！」思わず独り言を呟く。

高齢者の危険運転等による、自動車免許自主返納制度や、自転車運転ルールを強化する前に、街中の老人による自転車危険運転者を、現行犯逮捕するか、その場で射殺しない限り、交通事故は撲滅出来ないと、確信している。

調子に乗って暴言を吐いてしまった。(只今の一部の表現は、コンプライアンスの観点から不適切な発言と判断されました。お聞き苦しい表現が有りましたことを、心よりお詫び申し上げます)

大きな声では発言出来ないが、ほぼ全員が同じ意見を持っていると、確信している。

車中の空気が重くて、気まずいので、「久しぶりの、娑婆の空気はうまいなー」と、ジョークのつもりで話したが、みんなが、申し訳程度に笑ってくれただけで、より重くなってしまった。

孫がつられて、意味も分からず笑ってくれたのが、唯一の慰めとなった。

街中の寺に付属する墓地に到着した。

寺の裏道から墓地に直接入れる、冷たい感じの鉄の重い扉をギィーと開けた。子供の頃から通いなれた墓地。

あの頃は、変な形の石が立ち並ぶ、迷路のような細い通路を通る時、何だか変な空気の漂う異世界に、迷い込んだような気がして、少し恐ろしかった。親父達が、御先祖様を大切に、丁寧に供養する姿を、幼い頃から、いつも見ていた。一緒に墓参りした時、墓掃除をいつも手伝っていたので、俺自身大人になる頃には、墓参りが習慣になっていた。

家の仏壇に手を合わせる。

仕事に行く前と帰宅時の、墓参りを欠かさず行い、手を合わせる。

都合で墓参りが出来なかった時は、何だか気持ちが落ち着かない、バチが当たる様な、嫌な気持ちになった。先祖の供養の気持ちを、強く持っていたのは勿論だが、その強迫観念めいた感情も、墓参りを欠かせない理由の、大きな割合を占めていたことは確かである。

俺の後を、ぞろぞろと家族が続き、神田家の墓の前に到着した。

毎日、磨いている墓石は太陽の日が当たり、墓石の御影石の表面が美しくピカピカと光を、反射することは、少し自慢出来ると自負している。途中、墓参りで顔馴染みの、有馬《ありま》さんの、お婆さんに出会った。いつも墓参りで会うと、世間話をする間柄で仲良くさせて頂いている。

「あら、まあ、今日はお孫さんも一緒に、ご家族で来られたのね、御先祖様も喜ばれていますよ」と、声を掛けて頂いた。

思えば、去年までは、お爺さんと二人で仲良く、お墓参りされていた。

その光景が何だか、日本昔話に出てくる絵に描いた様な、仲の良い老夫婦で、いつも二人でニコニコと、お墓の掃除をされていたのが懐かしく思い出される。今年の四月に、お爺さんが逝去され、今は一人で寂しく、お参りされている。そう言えば、有馬のお爺さんも、去年の年末に検査入院されたと、聞かされていた。

俺と同じだなと思った時、肩口に冷たい風が流れたのを感じた。

全員で手分けし、お墓の掃除をした。お水を入れ換え、新しいお花を供え、蠟燭と線香に火を灯す。孫の、珍しい光景にキョロキョロと、落ち着かない姿が、また可愛い。

多分、前回の墓参りのことは、まだ小さくて覚えていないのだろう。

元妻と両親の眠る墓前に、五人で一緒に手を合わせる。

俺は、昨日の診断結果を報告した。

多分、妻と娘夫婦は「どうぞ、奇跡を起こして、長生きさせてください」等と、ご先祖様に無理難題を投げかけているのだろう。「お気の毒に、申し訳ない」と、墓に向かって、直ぐに詫びた。

孫は訳も分からないまま、皆の真似をして手を合わせ「アン」と、言ってくれている。もう！　可愛すぎる。

死ぬのは寿命だから、仕方がないとして、孫の可愛い後ろ姿や仕草を見ていると、あと何回抱くことが出来るかと思うと、涙が出そうになる。

俺は手を合わせ、「もう直ぐに、そちらに逝くので、宜しく」と、祈りながら、俺と妻は、この墓に入るが、娘達は旦那さん側のお墓に入るのだろう等と、考えたりすると、少し寂しい気持ちになっていた。

ところで、あの不義理で薄情な、現在も断絶状態進行中の、実の息子夫婦達は、どうするつもりだろうか。自分で新しく墓を建てるなり、勝手にすればよい。絶対に、俺の目の黒いうちは、この墓には入れてやらないと決意表明しながらも、もう直ぐ、目の黒さがなくなることを、自覚した。

お墓からの帰り道、近所の馴染みのレストランで、昼食を取ることにした。

この店は、義理の息子と初対面した「娘さんと結婚させてください」と、大緊張の結婚宣言の夜、初めて一緒に食事をした記念の店である。

店の人が、お祝いのギターを弾いてくれて、他のお客さんからも拍手喝采されて、恥ずかしそうに、照れていた娘夫婦を思い出す。

「パパ、今日ぐらい何でも、好きなものを食べて下さい」と、娘達が気遣ってくれたが、食欲がないので、温かいお蕎麦を少しだけ頂いた。

レストランで会計を済ませて外に出た。

馴染みのホールチーフが、外まで見送ってくれた。「有難う御座いました。また、お近いうちに、お越しください。お待ちしております」と、いつも通りの張りのある元気な声で見送ってくれたが、「今日が最後になると思います」とは、言えなかった。

孫のリクエストにお応えして、少しだけ公園に寄った。ベンチに座り、日向ぼっこをしながら、孫がブランコや、滑り台で、はしゃぎながら遊ぶ姿を、眩しく眺めていた。

こんな小さな隙間だけは、病気のことを忘れ、のんびり過ごせた。

自宅にも少し行った。いや、戻った。

僅か一週間ぶり程なのに、何だか懐かしく思えた。

自分の部屋に入ると、まさか帰ってくることが出来なくなると、思ってもいなかったので、もう直ぐ御主人様を失くし、遺品になるだろう愛着ある私物達が、所狭しと、混在していた。娘が幼い頃、一緒に仲良く遊んでいた大好きな、ぬいぐるみ達、娘が中校生の頃には、見向きもしなくなった。何だか、魂が宿っている様な気がして、俺は見捨てることが出来なかった。

ペンギンのペンちゃん、雪だるまのユキちゃん、犬のヌーと、ジルと、トロと、サバ。君達とも、長い付き合いになるね。勿論、この子らも、俺の大切な子供達だ。いつも挨拶や会話を交わし、夜になればタオル地のハンカチの布団を掛けて眠らせ、朝になれば、起こしてあげていた。

今も、久々に戻った俺の方を見て、「パパ！　お帰り！」と、最高の笑顔で迎えてくれている。

本当に、可愛い奴らだ。

「ごめんね、寂しくさせて、パパは死んでしまうんだよ、もう会うのも最後かも知れないよ、元気でね、さようなら、今まで楽しかったよ」と、最後の抱っこをしてあげた。

部屋を出る時に、皆に手を振ったが、みんなの目に、涙が光っている様に見えた。

部屋一杯の遺品を、妻と、娘で整理するのは大変だろうなと、他人事の様に思った。

少し躊躇したが、途中まで読みかけた一冊の小説「天界の たねあかし」だけ、病院に連れて帰ることにした。

第九章　緩和ケア病棟

病院へ戻ると、俺を部屋へ送り届けた後、妻が一階の受付で、明日から移る四階への転入手続きを済ませてくれた。

早いもので、四階の緩和ケア病棟に移ってきて三週間が、あっという間に過ぎた。十一月も中盤に入ると、朝夕めっきり寒くなってきた。入院服の上に羽織る、厚手のカーディガンが手放せなくなっている。段々と日が短くなり、薄暗くなる時刻が早くなってくると、寒さが心細さを増幅させ、憂鬱な気持ちになってしまう。

そんな時、いつも心に浮かぶのは、子供の頃アニメで見た『ムーミン』の一場面だ。ムーミン谷に、厳しい冬が来る。

冬ごもりの準備を始めている、ムーミンと仲間達に別れを告げ、白い雪の降り積もったおさびし山をバックに、背中を丸めたスナフキンが、春までの旅に出る。・・・・・

勿論、あの寂しげなギターの音色と共に、そんな情景が脳裏に浮かんでくる。

何故、六十年近くも昔に、見たアニメのシーンが、鮮明に思い出されるのだろう。今日の昼食の献立すら、思い出せないのに。

心に浮かぶアニメは、まだ他にも有る。

晩秋の冷え込んだ夕暮れ、西の空を真っ赤に染める見事な夕日を見た時、突然、あの歌が聞こえてくる。

〜はるか草原を、ひとつかみの雲が、あてもなく、さまよい、とんでゆく……

そして勿論、脳裏を掠めるのは、『母をたずねて三千里』の、主人公マルコがポンチョを纏い、アンデスの夕日に染まった草原を行く姿なのです。

こんな気持ちになるのは、俺だけじゃないはずですよね。


近頃の俺は、この病棟で主の様な、存在になってきている。

若くて可愛らしい看護師さんや、先生、患者さん達も、表では「ちゃん」付けで呼び、裏では、妙な字名を付けたりして、何だかんだ、入院生活を謳歌している。

この緩和ケア病棟では、検査入院してきた頃の、三階の低カロリー病院食と比べれば、格段に美味しい食事が配られる。

喫煙コーナーや、談話室も完備している。

患者同士で、囲碁や将棋、ゲームに興じる娯楽室も有り、楽しい日々を過ごしている。

残された日を、好きに生きてもらいたいとの老い先短い人間への、病院側の配慮だろう。

ただ、悲しいかな、夢中でゲームを楽しんでいる時の、一寸した気持ちの隙間を狙う様に、胸を締め付ける様な苦しさを感じてしまう。楽しければ楽しい程、それに反比例する様に、迫る死への恐怖が押し寄せてくる。

先週、入院直後の落ち込んでいた私を、何かと勇気づけ、気遣ってくれた、隣の病室の渡辺《わたなべ》さんが亡くなった。

この病棟に来てから、もう沢山の友人を見送った。同部屋の桑原《くわはら》さん、原《はら》さん、反対隣りの谷口《たにぐち》さん、磯山《いそやま》さん。

昨日の深夜、将棋仲間でよく気の合った、向かいの病室の下村《しもむら》さんが亡くなった。

この病棟での死は日常茶飯事で、驚きもしなくなった。

その環境に慣れてきている自分が怖い。

下村さんの荷物を、片付けにこられた奥さんが、別れの挨拶にこられた時に、思わず悲しみがこみ上げ、貰い泣きしてしまった。帰られた後、何の痕跡もなく、綺麗に消毒清掃された、抜け殻のベッドを何気なく見ていると、確実に次は自分の番だと思えた。

そんなナーバスな気持ちを、現実は非情にも打ち砕く。

もう次の日には、順番待ちの患者の新しい名前が、ベッドのネームプレートに挿入されている。

この病院での検査入院の為、初めて三階を訪ねた時に、病室入口とベッドのネームプレートに自分の名前を見つけた時の、悲しく、辛い気持ちを思い出していた。

明確な記憶が有るにも拘らず、何だか大昔のことの様に思われる。

就寝中の真夜中に、廊下を看護師さんがカートを慌ただしく押す音がすると、ドキッとして目が覚めてしまう。

入院期間も長くなると、熟練の古株患者の俺は、その物音のする方向、その強弱と経過時間、駆け付ける看護師の人数、宿直の先生が駆け付けるか否か等を、物音だけで聞き分け、どの病室の誰の病床で、どのような処置が施されているのか、全て分かるようになってきていた。

そんな時は、処置が落ち着くまで、眠ることが出来ない。悲しいが、だいたい俺の見立ては当たる。

朝の検温時、恐る恐る看護師さんに尋ねる。「〇〇さんは亡くなられました」と、予想通りの、答えが返ってくると、また一人仲間を亡くした、無念な気持ちになる。


放射線治療をしながらの、看取りの看護。患部が痛む日もあるが、痛み止めを処方してもらえば、嘘の様に緩和されていた。

この頃、この薬を処方してもらう間隔が、短くなっているのと、効き目が薄れてきているのを感じる。明らかに、病状が進行している証拠だろう。

死が、また一歩近づいたことを予感させる。

その予感を増幅させるかの如く、会社の部下や、疎遠になっていた親戚連中、懐かしい友人等が突然を装い、頻繁に見舞いに来てくれるようになった。妻が連絡したり、噂を聞きつけた連中が、最後のお別れに来てくれることが、辛く胸を締め付けてくる。

何かしらの会話は交わすが、何を話したか、よく覚えていない。

昨日、妻と娘が見舞いに来てくれた。

洗濯物をバッグに詰めながら、「今度来る時に、来年の新しいカレンダーを、買ってくるわね」と、言ってくれた。壁の古いカレンダーを見ながら、不覚にも、「もう、必要ないよ」と、答えてしまった。

何も話さず、視線を合わさないように、同部屋の人達に会釈し、寂しそうに帰る妻と娘に、悪いことをしてしまったと、後悔した。


同時に来年の桜を、もう見ることが出来ないと、今更ながら気づいた。

今年の春、桜をもっと見ておけばよかったと後悔する度に、死が逃れることの出来ない現実として迫ってくる。

それにしても、何故に日本人は桜に、これ程までの執着と哀愁を感じるのだろう。

美しく華やかな花なのに、何故か、寂しさ、侘しさも感じる、不思議な花である。

第十章　回　想

俺は今年で、六十三歳になった。

もう六十三歳、まだ六十三歳。

今の時代、百歳の元気な年寄りから見れば、まだ俺なんて、はなたれ小僧なのだろう。

父は昭和六十二年（一九八七年）俺が二十七歳の時に、六十三歳の若さで亡くなった。

母は平成三年（一九九一年）俺が三十一歳の時に、同じく六十三歳で亡くなった。

子供の立場として、両親の死んだ歳が、何故か、やけに気になり始めていた。奇しくも、両親の亡くなった年齢と同じ年齢で、俺は死ぬことになるのだろう。来年四月の誕生日は迎えることが出来ないだろう。

　昨今の人生百年ブームの中、人生を終えるには、余りにも早すぎる。人間の寿命は、生まれた時に運命として決まっていると聞くが、まだまだ、やりたい夢が沢山残っているし、未練だらけだ。思い描いた夢と、叶った現実との、大きな違いに気づいても、今更やり直す時間すら、与えられていない現実。今、流行のバケットリストすら、書く気にもなれない。

後悔先に立たずとは、上手く言ったものだ。

仕事は、大学を卒業後、建築設備工事会社で、設備現場管理のエンジニアとして修業した後、小さいながらも、自分の会社を設立することが出来た。

あれから三十年間、真面目に一生懸命に働いてきた。他人の三生分ぐらい働いたつもりだ。一日平均十五時間、年間三百六十日を、サラリーマン時代を含むと、約四十年間。我ながら、マシーンの様に、本当によく働くことが出来た。現場事務所の並べた椅子の上や、車の中で僅かな仮眠を取り、次の現場へ向かう。昼の現場を終えて、夜勤の現場へ向かう。よく体が耐えたものだと、つくづく思う。

テレビドラマの主人公は、ちょっと徹夜をすると、直ぐに過労で倒れ、ベッドで点滴を受けている。そんな軟弱な体と違い、両親が強い体に生んでくれた賜物だと、心から感謝している。

こんな自分を称え、表彰したいぐらいだ。誰も表彰してくれないので仕方がない。

最初の妻とは、知人の紹介で知り合った。

同じ歳の彼女と、デートを重ねるうちに意気投合し、二十五歳で結婚した。三十歳の時に、可愛い長男を授かり、幸せの絶頂だった。

でも、そんな小さな幸せすら長く続かない。

よちよち歩きの三歳の息子を俺に預け、慌てて買い物に出かけた妻が、不運にも交通事故に遭ってしまった。スーパーの自転車置き場にいた妻に、高齢者の運転するワゴン車が、ブレーキとアクセルを間違え、猛スピードで突っ込んできた事故で、妻は即死だったらしい。警察からの連絡を受け、急いで向かった。

病院の冷たい霊安室で、妻と対面した。暗い霊安室に、蠟燭の炎が揺れていた。いつも綺麗だった妻の顔は、顔面骨折でグチャグチャに変形していた。髪の毛に血の塊がこびり付いていた。手には、息子の好きな動物クッキーの箱が、握り潰されていた。「ママ！　ママ！」と、叫ぶ息子を抱きかかえたまま、変わり果てた妻の顔を、見せないようにするのが、精一杯だった。時間の経過を忘れ、いつまでも号泣した。

不幸のどん底に、突き落とされた。

前触れもなく、突然天国に召された妻は、まだ三十三歳の若さだった。溺愛する三歳になったばかりの息子を残し、さぞ、無念であったろう。悔しかっただろう。

近親者による通夜、葬儀。

両親の眠る墓での、四十九日の納骨法要が、儀式として坦々と消化されてゆく。

この期間のことは、余り記憶にない。悲し過ぎて、思い出すことすら出来ない。

妻側の両親の助けを受けながら、仕事と子育てに追われるだけの日々だった。

息子も、よく辛抱して、頑張ってくれた。

妻の思い出に、ゆっくりと浸る時間もなく、慌ただしい時間だけが、ただ流れていった。

今の妻とは再婚同士で、お互い最初の配偶者とは死別している。

息子の幼稚園の行事で度々、今の妻と顔を合わすようになった。最初は挨拶や、子供のちょっとした相談事を交わす程度だった。子供同士も仲良しで、徐々に四人での時間を共有する機会が増えていった。

話を聞くと、妻もご主人を病気で亡くし、仕事をしながら、残された一人娘を育てているシングルマザーだった。似通う境遇が、二人を引き寄せたと思う。いつしか、お互いに意識し始めていた。愛とか、何とかと言うより、必然的に、家族ぐるみで行動し、お互いを助け合う関係になっていた。

三十五歳の俺と五歳の息子、三十四歳の新しい妻と四歳の娘が、一つの家族になった。

最初に決めた家族のルールは、俺の前妻と妻の前夫の、供養を丁寧に行うこと。

前妻と前夫の両親に、子供と定期的に会って頂き、成長を喜んで頂くこと。

そして二人の子供に、分け隔てなく、精一杯の愛情を注いで、立派に育て上げること。

家族四人で助け合い、協力して、皆で幸せになることの四つだった。

昨日のことの様に思えるが、あれから二十八年の月日が流れている。

妻と入れ替わりで、頻繁に見舞いに来てくれる娘は、優しく献身的に身の回りの世話をしてくれている。妻の連れ子で、義理の娘ではあるが、娘が小さかったこともあり、本当の父親の様に、よくなついてくれた。俺自身、実の子以上の愛情を注いできた。

娘も、確か三十二歳になるよな、それじゃ結婚して五年になるのか、早いものだ。

時々、一緒に来て顔を見せてくれる、義理の息子は、優しく真面目で誠実な人柄で、娘と結婚してくれて良かったと、心から思えた。何より三歳になる孫に会わせてくれた。出来ることなら、この孫の成長を、もう少し長く楽しみたかったなと、つくづく実感する。

実は白状すると、小さい頃から、俺は奇妙な夢を持つ、変な子供だった。

小学校の高学年の頃には、将来成人して、早く結婚し家庭を持ちたいという夢があった。そして子供を授かり、育てたかった。何よりも、子供が成長し、結婚し、やがて孫が誕生した時に、孫と一緒に遊び、孫の成長を見守るのが、小さい頃からの人生最大の夢だった。

俺の家の玄関で、運動靴を脱ぎ散らかしながら、「ジイィジィー遊びに来たよ！」と、俺の胸に飛び込んでくる孫を、抱きしめる夢のような場面を、いつも思い描いていた。

最初の妻との間に生まれた、実の息子は、三十三歳になる。

五年前までは、可愛い孫を連れて、よく遊びに来てくれていた。

俺の最大の夢が七年前に、息子夫婦に待望の長男が生まれたことで、実現したのだ。

人生最高の喜びだった。最大の幸福だった。

可愛い赤ちゃんが、成長してゆく。匍匐前進から、歩行器歩き、つかまり立ちから、よちよち歩きを始める。次に、可愛くカタコトで話し始める。まだ赤ちゃんにも拘らず、無理やり「ジイィジィー」と、繰り返し教え込んでいた。

孫が遊びに来る前の晩は、興奮して眠れなかった。徹夜で、積み木の大きな建物を作り部屋中にプラレールの線路を張り巡らせ、その中に電車を走らせた。
孫へのプレゼントも事前に、沢山用意した。
その光景を見た時の、孫の喜ぶ顔を見ることが、何よりの幸せだった。
そして、一緒に、いつまでも遊びたかった。

第十一章　不慮の事故

「禍福は糾える縄の如し」と、諺にも有るが、これは、災禍と幸福とは糾った縄のように、表裏一体であり、一時のそれに一喜一憂しても仕方がないと、いう意味らしい。災いが転じて福となり、福が転じて災いとなることが有るらしい。俺の人生の縄を、より合わせた職人は素人だろう、どうも災いの部分が長い様だ。

幸せな期間は長くは続かない。

今から五年前、晩秋の某日、何の前触れもなく、ある事故が突然起こった。

その日の早朝四時を過ぎた静寂の中、携帯の呼び出し音が、けたたましく鳴り響いた。

丁度、会社で徹夜仕事の最中だった。パソコン上で、現場の図面と格闘していた。

電話から、息子の元気のない声が聞こえた。

「俺さあ、親父の息子やから、気も短いし、喧嘩っ早いところが有るから……」

覇気のない言葉の語尾が、消滅していた。

心配になり「どうしたんや？　何が有ったんや？　ハッキリと話せ！」と、聞き返した。

息子がポツリ、ポツリと、重苦しい口調で、話し出した内容に、驚愕した。

「分かった。直ぐに行くから、しっかりしろよ」と、場所だけを聞いて、電話を切った。

息子の話を要約すると、息子の勤める機械系の製作会社で、夜の九時頃まで残業していたらしい。同じプロジェクトで働く、部下のA君を、半ば強引に食事に誘ったらしい。

A君は、息子より六歳年下の二十二歳で、入社一年目の、内気な青年とのこと。三重県出身で、会社の独身寮に住んでいる。プロジェクト内でも、失敗が多く、浮いた存在だったらしい。息子の思惑は、普段から、大人しく、消極的なA君に、少し説教めいた話をしながら、仕事への士気を高める狙いがあったらしい。

天王寺に有る居酒屋で、九時半頃から、二人で食事をしながら生ビールを呑み、仕事の話や、世間話等をしていたとのことだった。一時間程経過した時、隣のテーブルの客で、かなり泥酔した三十歳前後のサリーマン風の三人グループから、話し声が五月蝿いだの、鞄の置き方が悪いのだの、と、文句を付けられ肩を押されたらしい。

別に非常識なことをしていない自覚のあった息子が、相手を睨みつけ「おたくらの方が五月蝿い。くだらん文句を言うな！」と、怒鳴り返したらしい。お互いが立ち上がった弾みで、テーブルのグラス等が床に落ち、割れた。その物音で、店内の他の客全員が驚いて、その騒動に注目していたらしい。

揉み合いになりかけた寸前に、慌てて止めようと、中に割って入ろうとしたA君が、何かに躓き転倒した。倒れ際に、テーブルの角で後頭部を強打したらしく、倒れたA君の意識は、息子の呼びかけにも反応しなかったらしい。

書　名				
お買上 書　店	都道 府県	市区 郡	書店名	書店
			ご購入日	年　月　日

本書をどこでお知りになりましたか?

1.書店店頭　2.知人にすすめられて　3.インターネット(サイト名　　　)

4.DMハガキ　5.広告、記事を見て(新聞、雑誌名　　　)

上の質問に関連して、ご購入の決め手となったのは?

1.タイトル　2.著者　3.内容　4.カバーデザイン　5.帯

その他ご自由にお書きください。

(　　　)

本書についてのご意見、ご感想をお聞かせください。

①内容について

②カバー、タイトル、帯について

弊社Webサイトからもご意見、ご感想をお寄せいただけます。

ご協力ありがとうございました。

※お寄せいただいたご意見、ご感想は新聞広告等で匿名にて使わせていただくことがあります。

※お客様の個人情報は、小社からの連絡のみに使用します。社外に提供することは一切ありません。

■書籍のご注文は、お近くの書店または、ブックサービス(0120-29-9625)、セブンネットショッピング(http://7net.omni7.jp/)にお申し込み下さい。

料金受取人払郵便

新宿局承認

2523

差出有効期間
2025年3月
31日まで
(切手不要)

郵便はがき

160-8791

141

東京都新宿区新宿1－10－1

(株)文芸社

愛読者カード係 行

お名前《ふりがな》			明治 大正 昭和 平成 年生 歳	
ご住所《ふりがな》	□□□-□□□□			性別 男・女
お電話番号	(書籍ご注文の際に必要です)	ご職業		
E-mail				
ご購読雑誌(複数可)		ご購読新聞 新聞		

最近読んでおもしろかった本や今後、とりあげてほしいテーマをお教えください。

ご自分の研究成果や経験、お考え等を出版してみたいというお気持ちはありますか。

ある　ない　内容・テーマ(　　　)

現在完成した作品をお持ちですか。

ある　ない　ジャンル・原稿量(　　　)

息子が大声で「救急車を、お願いします」と、叫びながらA君のネクタイと、ベルトを緩め、祈るような気持ちでA君に声を掛けながら、救急車の到着を待ったらしい。

例の三人組は、その場から逃げようとしたところを、店の主人に取り押さえられていた。A君を救急車が病院に搬送されるのに同乗しようとしたが、駆け付けた警察官に、息子と三人組が連行されたらしい。

警察署で事情聴取されたが、店の御主人が客の三人組が今までにも、何度もトラブルを起こす常習犯である証言をしてくれたことや、客として偶然居合わせた方が、一部始終をビデオ撮影していたことも、息子を擁護する決め手となり、事態は良い方に動いてくれた。

A君の怪我は、事件性のない、不慮の事故と判断された。

泥酔状態の三人組は厳重注意処分で警察署の留置場に残され、翌朝引き続き事情聴取を受ける処分が下された。A君を心配する息子は、お咎めなしの判断が下され、厳しい注意を受けた後、後日出頭命令時に、事情調書にサインをする旨を、通告された後に釈放された。警察のパトカーで搬送先の病院まで送り届けてくれたらしい。

病院に到着した時、既に午前三時過ぎになっていたらしい。A君は救急搬送後、緊急手術を受けている最中だった。息子は、薄暗い待合室で、手を合わせA君の無事を、一心に祈り続けた。

俺は、息子からの電話を切ってすぐ、自宅の妻に状況を伝え、直ぐに車で迎えに行くので、身支度をしておく様に伝えた。

妻と二人で、病院へ向かう車中で妻には、知りうる全ての情報を伝えた。

病院到着後、薄暗い待合廊下で、項垂れる息子を見つけ、A君の状況を聞いた。

A君のことを心配しながらも、息子が五体満足で生きていることに、少しだけ安堵している自分が、卑劣な人間に思えた。

緊急手術は、A君が緊急搬送された午後十一時過ぎから、既に六時間が経過している。

病状の摑めない中、三人で一心に祈った。スロー再生の様な、時間が虚しく過ぎてゆく。

A君の所持品から、実家の両親へは、警察から連絡を入れてくれていた。

三重県から車で、この大阪の病院に向かっているらしいが、まだ到着されていない。

警察から息子さんの事故を、伝え聞いた御両親は、病院へ向かう車中で、御子息の状況の分からない中、どれ程の心配をし、祈るような気持ちでおられるのかと思うと、胸が張り裂けそうになった。

午前六時前、御両親が到着された。

病院関係者に案内され、近づいてこられた。息子が、御両親に、昨日から現在に至るまでの事の顚末と、A君の緊急手術続いている状況を説明した。

お父さんは気丈にも、息子の説明を聞いておられたが、お母さんは話の途中、床に崩れ落ちる様に、泣きじゃくっておられた。俺も、妻も泣きながら、薄暗い廊下に立ち竦んでいた。

重い空気の中、どれ程の長い時間が経過しただろう。

手術中の赤いランプが消えた。

壁の掛け時計に目をやると、御両親が到着されてから、十分程しか経過していなかった。オペ室前の静まり返った待合室に、自動扉が開く機械音が響いた。看護師さん達に付き添われた、A君を乗せたストレッチャーが、静まり返った廊下に、ガラガラと車輪の音を響かせながら、運び出されてくる。我々五人の前をスローモーションの様に通り過ぎる時、A君のお顔の部分にまで、全身深くシーツで覆われていたのが見えた。

続いて、汗で濃く変色した、オペ用のキャップ、上着を着た、担当医が出てこられた。

「先生……」誰からともなく、口々に呼びかけたと思う。

「Aさんの御家族は……」「はい」御両親が、震える声で答えられた。

先生が御両親の方に向き合い、冷静な、静かな話口調で、「Aさんは、転倒された時に、何かに頭部を強打されたと思われます。当たり所が悪く、外傷性の脳動脈瘤破裂により、クモ膜下出血を発症しておられました。緊急の開頭手術により、懸命に治療を試みましたが、一度も意識の戻らないまま、午前六時六分、ご臨終されました。非常に残念です……」深々と一礼され、その場を後にされた。

全員の祈りも、天に届かなかった。

お父さんも抱きすがるお母さんと共に、号泣されていた。特にお母さんは、息子の死を受け入れることが出来ないで、半狂乱の様に成っておられた。

誰にぶつけて良いのか分からない、やり場のない怒りを、無理やりに、懸命に抑え付けようとしておられるのだろう。

　息子も、誰にはばかることなく、声を上げて泣き続けている。妻も息子の肩を抱き、泣き崩れている。誰もが、逃げ出せることが出来るものなら、一刻も早く、この場所を離れたい。

　そんなことは、出来るはずがない。これが全て、夢であってほしいと思った。

　もし、A君が息子と同じ会社でなかったら。もし、同じプロジェクトでなかったら。

　もし、一緒に残業してなかったら。

　もし、A君が息子の誘いを断っていたら。

　もし、違う店に行っていたら。

　もし、泥酔する三人に遭遇してなかったら。

　変えられようのない事実に、後悔ばかりが頭をリフレインする。

　でも、時間は戻らない。事実を変えることなど出来はしない。

　次の瞬間、俺は落胆する御両親の前で、土下座をしていた。

「大切な御子息を、事故に巻き込んでしまいました。うちの息子が傍にいながら、御子息をお助けすることが出来ませんでした。深くお詫び申し上げます」と、言い頭を床に擦り付ける様に謝罪した。両脇の妻と息子も、同じように土下座した。

　A君のお父さんが、「まだ私共も、現実として受け入れられないのです。事故の状況すら、よく分からないのです。取り敢えず、頭を上げて下さい」と、こんな状況に有りながらも、紳士的に私共を気遣って頂いた。

丁度その後、息子が状況の報告をしていた会社の専務が現れた。状況を伝え聞いた専務が、A君の御両親に、深々と首を垂れた。病院の職員の案内で、A君が安置されている、地下の霊安室へ全員が移動した。無機質な霊安室のベッドに、A君が安置されていた。

ベッドの頭側の簡素な祭壇に、蠟燭と線香が灯されていた。

御両親がA君のお顔に掛かる白い布を外す。お母さんが、咽び泣きながら、胸元に顔を埋め、A君の名前を呼び続けている。お父さんは、彼女の肩に手を遣りながら、変わり果てた息子の顔を覗き込みながら、呆然と立ちすくんでいる。

息子は反対側から、手を合わせながら「ごめんな！　ごめんな！」と、泣きながら伝えるのが精一杯のようだった。

専務も、息子に並んで合掌している。私達夫婦も、息子の後方から、泣きながら手を合わせた。

A君は、穏やかな綺麗なお顔で、声を掛ければ、すぐにでも起き出しそうだった。只、只、眠っている様にしか見えなかった。

自分の人生に、色々な夢や希望を抱いていただろう。

そして、御両親に対して、親孝行もしたかっただろう。

結婚して、家庭を持ちたかったろう。

今は只、A君の無念を思い、涙を流し、詫びることしか出来ない。

その時、霊安室のドアをノックする音と共に、無作法な警察官が二名入ってきた。

A君の両親であることを確認した後、事務的な、お悔やみの言葉と、昨夜の事件の概要を手短に伝え、事件性のない不慮の事故と判断されたので、司法解剖はしないが、御遺体の受取書と、事情調書に署名を頂きたいので、落ち着かれたら、出頭して欲しい旨を伝え、そそくさと帰って行った。

専務も、「会社として精一杯のことはさせて頂きます」と伝え、警察官の後を追う様に、霊安室を出て行った。

御両親は、病院窓口で事務手続きと、死亡診断書、三重県までの霊柩車と棺の手配と、精算を済ませ、霊安室に戻ってこられた。

息子と打ち合わせ、三人でタクシーに乗り、警察署に出頭して行った。

時計は、午前十時になろうとしていた。

私達夫婦は、御両親が病院に戻られるまでの間、A君を一人にしないよう、傍で見守る約束をさせて頂いた。

一つ間違えば社会的に、とんでもない事態に陥ってしまう場合も懸念された。息子が犯した過ちを、親として非難するのではなく、社会からの降り注ぐ火の粉から、なりふり構わず、守りたかっただけなのだ。土下座させて頂いたのは、謝罪の気持ちと、息子を思う、その一心の気持ちからだった。

そして、二十八歳になる社会人の息子は、その過ちを猛省・懺悔し、一生を掛けて、A君の供養と、御両親への償いを忘れてはいけないと思った。親として出来る限り、息子に寄り添わないといけないと考えていた。

結果として、息子にとっての最悪の状況だけは回避され、しかも生きてくれている。

しかし、A君は亡くなった。御両親の元に、大切な大切な御子息が、戻ることは、二度とない。

お昼を少し過ぎた頃、警察署から御両親と息子が、戻ってきた。

時間の経過とともに、ほんの少しだけ落ち着かれ、突然に押し寄せた悪夢の様な現実を、受け入れざるを得ないと、思われてきたのだろう。

午後一時半、手配された霊柩車にA君の棺が丁寧に乗せられた。

御両親は来られた時の自家用車に乗り、御実家に帰られた。

私達三人は、大きな病院の敷地を、出てゆく二台の車両が見えなくなるまで、深々と頭を下げ続けた。その後で、息子から、警察署での事情聴取書の説明を御両親が聞かれた時の状況や内容等の、説明を聞かされた。

三人組は書類送検が決定したらしい。

息子にも反省すべき点は有るものの、貰い事故の様な被害者であること、特にA君に至っては、悪い偶然と偶然が重なった不慮の事故であることを、御両親に御理解頂いたこと。御実家での通夜は行わず、葬儀は身内だけでの密葬として取り行うと、御両親から、聞かされたことを伝えてくれた。息子が葬儀だけでも参列させて頂きたいと懇願したが、丁重にお断りされたことまでを、手短に伝えると、会社での事情報告の為、急いで出社して行った。

私達夫婦は、病院からお墓に直行し、墓前にて御先祖様に、事情報告をさせて頂き、A君の御冥福と、御家族の苦しみ、悲しみが早く癒えることを祈り、息子が早く、反省・懺悔し、立ち直ってくれることを祈った。

そして、一生を掛けてA君の冥福を祈り、御遺族の御両親にも、寄り添える人間に成って貰いたいと祈った。

そして、私達夫婦は息子に、愛情を持って接し、温かく見守ってゆく決意を固めた。

悪夢の様な不幸で、長い、長い一日が、過ぎ去ったかの様に思えた。

今回の事故は、テレビでのニュース報道はなかったものの、新聞には、小さく載った。取り分け気を揉んだのは、ネットニュースにより、誹謗中傷する言葉の拡散騒ぎだった。これは、後になって妻から聞いた話だが、ただでさえ会社での人間関係において、息子の立場が難しい状況なのに、陰での噂話に尾ひれが付き、大きくなったことで、取引先からも、変な目で見られる様な状況だったらしい。

その様な状況でも、A君に対する気持ちから、何からも逃げないで、信頼回復に努めたらしい。息子には、試練の日々であったと思う。

第十二章　断　絶

『血は水よりも濃い』と聞くが、案外我が家の場合、薄かったようだ。

この息子の事件が、想像もしない事態を招くことになる。

今回のことに関して、親として当たり前のことをしたに過ぎないと、思っていた。息子からは感謝こそされ、非難されるとは、夢にも思わなかった。息子曰く「このような事態を生じた大きな原因は、親父からの性格の遺伝による影響が大きい、本当に迷惑している。自分の性格が荒く、喧嘩っ早いのも、全てが親父からの遺伝によるものだ。孫の教育にも良くないと思うので、今後の付き合いは、遠慮してほしい」と、………

我が耳を疑った。

憤懣やるかたない気持ちを、抑えることが出来なかった。今までの人生全てを懸けて、築き上げてきた全ての物が、音を立て崩れ落ち、ただ瓦礫の山と化した様だった。常識では考えられない、余りにも理不尽な言葉に対し、息子を非難し、叱責した。

それに対し、息子は「親父とは今後一切の関係を断絶し、孫にも会わせない」と、言い放った。

信じ難い暴挙だった。

俺にも両親はいる。生まれてから今まで、生活する中で、両親の性格の良い部分、悪い部分を遺伝として受け継いでいる。良い部分を受け継いだことを、喜び感謝するが、何処の世界に悪い部分だけを捉えて、親に文句を言う子が存在するのか？

何が彼をそうさせるのか、理解に苦しむ。この期に及んで、何も彼を擁護する気もないが、ただ、思うに人間は恐ろしい経験をした時、その忘れたい嫌な記憶に蓋をしてしまって、記憶を曲げてしまう症例があるらしい。自分の過ちを忘れ、責任転嫁することで、自己を正当化してしまっているのだろうか。

A君の御両親の前で、御子息を亡くされた親の気持ちを思い、大きな罪を犯した息子の愚行を詫びたい一心で土下座をした。その親の姿を見て、何も感じなかったのか？　一人前に育ててもらった恩を忘れ、感謝すらしない。

そもそも、常識や正義の観点から考えても、子供が親に対する態度ではない。

とにかく、大切に育てた息子に、俺の人生を全否定する権利はない。その事実だけは許し難い。

今後一切、この問題に関して、息子から謝罪してこない限り、此方から、どうこうという問題でもないと思った。

俺は、絶対に許さない。

他人からは頑固だ、変人だと言われるかもしれない。ここは、もう少し馬鹿になって、自己を曲げて、上手く立ち回れば良いじゃないかと、アドバイスを受けるかも知れない。

しかし、これだけは親として、一人の男として、俺自身が人生を生きる上で、信じてきた正義からも、絶対に譲れない。絶対に曲げるわけにはいかない。


あれから、五年の歳月が流れた。

只、裏切られたという敗北感だけの時間。よくもまあ、これだけの非人道的な、仕打ちが出来たものだと思う。怒りと、憎しみと、後悔と、懺悔の気持ちが交互に浮かんでは消え、俺の心をかき乱す。

今でも時々、この信じがたい出来事を、深夜一人、仏壇の前で回想することがある。

俺としては、仕事に打ち込み過ぎていた。建築業界で四十年近く、大手スーパーゼネコンの海千山千の職方相手に闘う間に、言葉もきつくなり、眉間にも深い皺が刻まれた。

勝気な性格に磨きがかかり、家でも、亭主関白だったのも認める。元来、喧嘩っ早いところもあった。仕事が忙しい時に、何かと家庭内での揉め事が多くなり、挙句の果てに、妻に手を上げたのも一度や二度ではない。家族に迷惑を掛けたことに対して、非難も受けるし、全面的に反省も、謝罪もする。逃げも隠れもしない。

だが、この勝気な性格があったからこそ、人生の荒波を越え、それなりに事業も成功させることが出来た。家族を愛し、妻のために、子供のために無我夢中で働き、何不自由なく、贅沢も充分させてきた。何より、愛情を注ぎ、育てた自負がある。

だが、人生を生き抜く中で、知らず知らずの内に、妻や親、兄弟、関係各位に、嫌な思いをさせていたことに、俺だけが気づいていないのかも知れない。俺自身、いくら努力した、頑張ってきたのだと、力説したところで、相手側がどう思うかで、全ての評価が決まってしまう。

俺は、ただの怪物だったのか？　………

そして、深い愛情と、膨大な時間と、金を費やして育てたのは、息子という人間でなく、新たな怪物だったのかもしれない。

復讐するのは息子でなく、俺自身なのか？

結局のところ、因果が応報することで、見えざる力が働いている様な気がした。

何故か、大きく悪い方、悪い方へと作用し、何をしても、事が上手く進まない。そのことが、俺の人生に暗い影を落とした。こともあろうに、長年一緒に過ごしてきた妻でさえ、初孫可愛さのあまり、何かにつけ、俺抜きで誕生日は勿論、やれ幼稚園のお遊戯会や作品発表会、運動会へ参加する様に成った。

このボディーブローは、かなり辛かった。

この頃から、子や孫が集う正月、春休み、ゴールデンウィーク、夏休み、盆、クリスマス等の行事が大嫌いになった。

あの場に居て、俺の心情も理解し、息子の愚行も目の当たりにしているにも拘らず、最初に、息子を諫め、謝罪させるべき立場にありながら、何もしてくれなかった。この行為は、息子が反省するどころか、逆に同調させる結果を招いてしまった。

独り蚊帳の外に居る様な、侘しさが有った。

鬱屈した気持ちの中、誰もが信じられなくなり、身内に対しても、嫌悪感や猜疑心まで抱くような状況に、追い込まれていった。俺に人徳が無い為に、周りの人間が誰一人として、二人の間に入り、助けてくれることがなかったのも、不徳の致すところである。

誰も助けてくれなかった。俺には、ドラえもんの様な、問題を解決してくれる友達も居ない。スーパーマンも、ウルトラマン等の、正義のヒーローも現れなかった。

結局、自分に降りかかる問題の全ては、自分自身に要因が有ると、思うことにした。

そのように考えないと、情緒が不安定になってしまう気がした。生まれてから、今までの自分の犯した過ちや、罪の重さを、見つめ直す懺悔の日々。今さら、それが何に成るのか……何も変わらない、どうにも成らない。

最近、少しだけ考えが変わってきた。

死んでゆく俺は良しとして、まだ生きていく息子に対して、同情してしまう。

『天網恢恢疎にして漏らさず』という諺がある。血を分けた尊い息子、溺愛して育ててきた息子の、親に対するこの間違った行動が必ず巡り巡って、今度は孫が息子に対して、同じようなことを起こすだろう。その時に、気付いて後悔しても、遅いよ。

この仕打ちは厳しいぞ！　かなり、精神をやられるぞ！　普通の精神力じゃ、持ち堪えられないぞ！

そうならないことを、心から祈っている。

その時、もう俺はこの世にいないけどね。


拗れに拗れた感情のまま、長い、長い、辛く、悲しい時間だけが過ぎてしまった。二歳から会わせてもらえない孫も、もうすぐ七歳に成るだろう。一番可愛い時期の成長を楽しむことが出来ない辛さは、心臓を抉られる様な苦しみだった。

その悲しい気持ちは勿論だが、初めて授かった子供として、息子として、何より溺愛して育ててきた息子と、大人同士としての会話や付き合いをしたかった。出来なかった。

その悔しさ、無念さだけが存在する。


このまま死んでいって良いのだろうか。互いに分かり合えずじまいの、永遠の別れ。

これも人生、されど人生。これも運命、されど運命。……是非に及ばず。

この期に及んでも、自分の生きてきた証として、この問題に対してだけは、自分に永遠の嘘だけは、つきたくない。

永遠に、許す訳にはいかない。

今でも、まだ耳の奥、鼓膜の奥の奥、脳幹の芯に、息子の理不尽で無情な言葉が刻まれている。

忘れてしまいたいのに、何か事あるごとに、勝手に脳内で自動再生されることが有る。

第十三章　臨終の時

十一月の間は、娯楽室へも歩行器を器用に操り、出向いていた。

緩和ケア病棟での気休め程度の放射線治療では、髪の毛だけは抜けるのに、癌の進行に何ら抗えない。

もうすでに全身のリンパ節等に、転移しているのだろう。

全身の関節が、キリキリと痛む。最近はトイレにも一人で行けなくなった。


十二月に入ると、全身の衰弱は、誰の目にも明らかに成ってきた。

食事も点滴と、流動食だけになっていた。

トイレにも行かせてもらえず、入院当時あれだけ、嫌だったオムツをされることにも、抵抗がなくなった。ベッド脇の歩行器も、気が付けば何時しか、片付けられていた。その空いたスペースに、やたら医療機械が、増えた様な気がする。

妻が「一緒に、奇跡を起こしましょう」と言ってくれた頃が、懐かしく思い出される。

大昔のことの様にも感じられる。

非常に残念だが、この勝負は銀縁野郎の勝ちだな、俺の完敗だ。

憎たらしい口調で、妻に「お別れするなら、今のうちです。出来るだけ早く」とか、進言していることだろう。

最近、見舞客が増えてきたようで、声を掛けてくれるが、誰が来てくれているのか認識できてない。

薄れゆく意識の中で、屍として朽ち果てていくのを、待つだけなのか。

万事休す。ノーサイド。ゲームセット。

全ての望みを絶たれた今、何だか体の痛みも消え、心までも穏やかで、気持ちが落ち着いてきている。

生まれてから、今までの出来事が次からへと浮かんでは、また消えてゆく。

ベッド脇で祈ってくれている妻には悪いが、最初の妻のことが、懐かしく思い出される。

どうしているのだろう。あの世で会えるのだろうか。


突然、ベッド脇の医療機器から警報音が、けたたましく鳴った。

看護師さんがナースコールで、銀縁野郎を呼んでいる。ベッド脇の妻や娘、孫の、俺を呼ぶ声だけが微かに聞こえている。銀縁野郎が、慌てた様子も見せないで、病室に入ってくる。医療機器の数値を見ながら、看護師に指示を与えている。聴診器をあてながら、妻に向かい「危篤状態に陥られました。今晩が山です。会わせたい方を、早く呼んであげて下さい」と、伝えている。

「もういいよ。充分だよ。早く楽にさせておくれ………」と、声にならない、声を掛けながら、そのまま、意識を失くしてしまった。


薄れゆく意識の中で、夢を見ていた。

初めて、親父の夢を見ていた。

「親父！　久しぶりだね。何だか懐かしいね。嬉しいよ」

親父が、「そうだな。俺も、そう思う」と、答えてくれた。

「親父、俺もう駄目だよ。早く、迎えに来てくれないか」

そうしたら、親父から「駄目だよ、そんな弱気じゃ」「何を考えているんだ！　馬鹿！」と叱られた。お親父に、久しぶりに叱られて嬉しかった。

夢の中で親父に、息子との確執を相談したんだよ。

「頑張ってみたんだが、難しいよ。もう、どうにもならないぐらい拗れてしまった。

このまま、あの世に持って行った方が、楽だしね」と、心にもない事を言ってしまった。

親父が激怒して「勝手にしろ！　俺は、もう知らん」と言い残して、消えてしまった。

その瞬間、夢から、覚めた。

ベッド脇の、みんなが俺に声を掛けてくれているが、よく聞きとれない。

みんなの声援に答えようと、腕を大きく上げたかったが、指先が微かに動いただけだった。上半身を起こそうと努力したが、首の皺が微かに動いただけだった。

その時、薄れゆく意識の中で、懐かしい息子の声が、聞こえたような気がした。

医療機器から「ピー」と、けたたましい警報音が、聞こえてきた。

銀縁野郎が、心音を確認する。瞳孔を確認している。

「午前十時十分。ご臨終です」周りのみんなが、一斉に泣き出している。


ついさっきまで、薄れた意識の中で、目もかすれて見えない。

耳も遠くて聞き取れなかったのに、「ピー」と、鳴る警報音と、「ご臨終です」の言葉とみんなの泣き声も、俺を呼ぶ声も、はっきりと聞こえる。おまけに、ベッド脇の妻、娘、孫、義理の息子の姿が、よく見えている。

あらら、その反対側に、懐かしくて不義理で憎たらしい強情な馬鹿息子も来てるのかい。

妻に「息子にだけは、知らせるな」と、念押ししたのに、最後の最後に裏切られたな。

大きく成長したのが孫か、随分と成長したね、もはや俺の知る幼児ではない。

息子の妻は、傍らで赤ん坊を抱いている。

おいおい、二人目が誕生したのかよ。聞いてないよ。酷い話だよな。

「ようやく、来てくれたんだね、遅いけど。本当に会いたかった。

だって、お前は俺の息子なんだぜ。

あんなに喜んで、溺愛した最初の子供だ。

孫が立派に成長したね。ジイィジィーのことは、覚えてないだろうね。
あれだけ、遊んであげたのに………
でも、ごめんね。馬鹿な親子喧嘩の、とばっちりで一番被害を被ったのは、君だよね。
それにしても、幸せそうじゃないか。本当に良かったね。
仕事は上手くいっているかい。本当に良かった。
お前はA君の分まで、幸せに生きないといけないからね。
彼に対する日々の祈りと供養が、A君に届いて、お前のことを許してくれた証だね」
何だか、興奮して一人で一気に話してしまったが、聞こえる訳もないか………
アッ！　これが、『幽体離脱』ってやつか。
病室の天井の隅あたりから、俯瞰的に見えているわけだ。と、言うことは………
俺は、ついに死んでしまったのか。既に肉体を離脱した魂って訳だ。
そうしたら、俺の声も聞こえる訳がないよね、本当に残念だな。
もっと皆と、今の浄化された気持ちで、話し合いたかったよ。
あのベッドで寝ている、痩せこけて髪の毛の抜けた肉の塊が、俺ってことかよ。
間抜けな顔だよな、俺じゃないよ、誰だよ。
久しぶりに息子に会えるのだから、もっとかっこいいところを、見せたかったものだ。
何だ、何だ。不義理な息子が、俺の枕もとで泣きながら、何か話してやがる。
ボソボソと話しているが、よく理解出来る。どうやら魂になると、その人間の心にまで入っていけるみたいだ。

そうかい、そうかい。お前の気持ちは分かったよ。

今頃、申し訳なかったとか、後悔しているとか、連絡して謝ろうと思っていたと言われても、遅いんだよな。

だって俺は、もう死んでしまったのだよ。

でも、魂の俺は、今とても穏やかだよ。不思議とね。もっと早く生きている時に、お互いの魂をぶつけ合ったら、こんな結末を迎えることはなかったはずだよね。

まあ、後の祭りだけどね。

でも、俺は絶対に、お前を許さないよ。

お前が人生を終えて、天国で再会できたとしたら、その時に、正式に謝罪しなさい。許すかどうかは、その時に決めるよ。

今度、またあの世で会おう。急がなくて良いので、待っているよ。

先にA君に会って、詫びておくよ。

妻と娘の、俺に対する感謝の気持ちも、悲しさも、よく伝わっているよ。

残念だけど、孫達は退屈しているみたいだね、小さいから、仕方がないか。

でも、もうジイィジィーとは会えないよ。

おいおい、娘の旦那は誠実で優しい男だと思っていたのに、心の中を覗くと、「今日亡くなったってことは、明日が友引だから、通夜はいつになる？　おいおい、葬儀の日は、会議の日だよ。調整が大変だな」って、どうでもいいよ！

もうお前、葬儀に来なくていいよ。

冗談だよ。

君は本当によくやってくれている。娘と結婚してくれて有難う。感謝している。これからも頼むよ、頼りにしている。

それと、仕事は適当に、もっと家族で人生を楽しむことを考えてね。娘夫婦に全ての財産を残すつもりだ。有意義に、娘と使い果たしてくれて結構だ。


あっけなく、通夜、葬儀が終わった。

友人、知人、会社関係者も、それなりに参列してくれていたが、余り心の中を覗かないように心掛けるのに、随分苦労した。

人の心が読み取れるのも、良し悪しだよね。

それにしても、俺の遺影の写真はもっと良いのがあったろう。これからこの写真を見て、俺の思い出を語られるのは嫌だよ。

言わせてもらえば、この戒名も嫌だよ。

葬儀場とか、火葬場での最後のお別れってやつは、本当に涙を誘うね。

みんな、悲しんでくれて有難う。

孫達が、俺の棺桶にお手紙を入れてくれたのは、本当に嬉しかった、有難う。

あっ！　妻が俺の棺に、ぬいぐるみ達を入れてくれている。

嬉しいね、また一緒に天国で暮らせるね。

周りをはばからず、息子が号泣してくれていたけど、遅いんだよ。馬〜鹿！

俺は、いつも祝えない孫の誕生日の日付の変わる午前零時に仏壇に蠟燭と線香を立てて、夜中にいつも、孫の健康を祈りながら、一人で泣いていたのだよ。毎日の墓参りでも欠かさず、いつもお前達家族の健康と仕事が万事万端、上手く達成されることで、A君に対する懺悔と供養をしっかりと行い、御両親にも、寄り添えるような人間になって貰いたいと、祈っていたんだよ。それとね、今だから白状するけど、娘の結婚式や妻の父、母の葬儀等の冠婚葬祭時に否が応でも、お前達家族と接近遭遇してしまう。

あの同じ空間、同じ時間を、鉄仮面の様な鎧を全身に纏い、無表情を演じるのは辛かったよ、体力の消耗を感じたよ。

でも、もういいよ、そんなこと、もうどうでもいいよ、有難う。


火葬場のゲートの中で紅蓮の炎の中にも入ってみたけど、熱くも何ともなかった。

案外、俺の肩と大腿骨は、良い骨だったね。これから暫くは窮屈な骨壺に入れられて、四十九日の法要を待って、納骨されるのか。

本当に寂しいね。

おいおい、蠟燭と線香の火が消えているよ、早く新しいのを頼むよ。供花の水も、そろそろ換えてくれよ。ご飯はそんなに供えなくてもいいよ、食べ切れないから。でも、ビールぐらい供えてよ。

妻も娘達も、悲しんでくれているけど、案外サバサバしているみたいだね。

もう既に、日常が戻っているみたいだ。これは、あの余命宣告から死ぬまでの間の、心の準備が出来ていた賜物だと思うよ。

案外、良いかもしれないね、残された人達からするとね。

一つ残念だったのは、辞世の句とやらを、詠んでおくべきだったと、後悔している。

昔、何かの本で読んだんだが、『東海道中膝栗毛』の著者、十返舎一九の辞世の句が凄かったのを、今、思い出した。

『この世をば、どりゃ、お暇に線香の煙と共に灰、さようなら』と、何というハイセンスで、ユーモア溢れる辞世の句だろう。人生を全うし、未練もなく、けらけらと笑いながら、潔く、煙とともに天国に昇って行く、彼の姿が目に映る様だ。

まあ、辞世の句を詠まなくて正解か、恥をかかずに済んだからね。

今まで、行けない所や、思い出の場所を自由に飛び回り、懐かしい人達の様子も窺い一方的に別れの挨拶をさせて貰った。もう充分、心の準備も整った。

明日に四十九日の法要、納骨法要を迎えるという頃から、俺の横に別の霊が寄り添ってきた。「死神です」と自己紹介してくれたけど、死神の怖そうなイメージと程遠く、区役所の窓口に居る様な事務員風の容姿をしている。

死神さんには悪いんだけど、ちょっと拍子抜けしてしまった。

聞くと「天界までお導きします」とのこと。

法要中もずっと一緒に居るので、余り集中出来なかった。


法要が終わると、精進上げの料理が振る舞われ、がやがやと騒がしく、俺との思い出話をしてくれている。

会場を見渡すと、招きたくない顔も見える。

そこの福井《ふくい》！　偉そうに話しているが、俺はお前のことが、昔から嫌いだったよ。大きな顔して、嘘ばかり吐きながら、鱈腹ビールを呑んでいるけど、早く帰ってくれ！

みんなともう少しだけ、一緒に居たかったのに、デリカシーに欠けると言うか、空気を読めない死神ちゃんが「さあ、そろそろ、出発の刻限です」と、俺の手を強引に引っ張りやがった。

分かったよ、もう行くよ。名残惜しいが、みんな有難う。

天国に行けるかどうか分からないけど、あの世から、みんなの幸せを祈るよ。

さようなら。元気でね。

あばよ！

第十四章　天界入場

死神ちゃんに導かれ、漆黒の闇の中を、昇って行く。

聞きたい質問が山程有ったし、道中を世間話しながら行きたかったが、死神ちゃんは、「規則ですから」と、無口を貫いた。

はるか彼方に、小さな点の様な光が見えた。暫く進むと、段々と光が大きくなり、開けた場所に出た。

逆光線が眩し過ぎて目が開けていられない。徐々に眩しさに慣れてくると、目の前に寺の様な、大きく荘厳な建物が見えてきた。

周りには、同じ様な容姿の死神に導かれた霊が、行列となり建物に向かっている。訳も分からず、立ちすくんでいると、死神ちゃんから、「今回はオプションなしなので、私の添乗ガイドは取り敢えず、此処までです。今から、あの行列に並んで頂き、受付で入場手続きをしてもらいます。受付窓口で、発行されたＩＤカードを持って、係員の指示に従い、待合ホールへ、移動して頂きます。審査終了後、電光掲示板で番号が発表されますので、あなたのＩＤ番号が有れば、合格と認められ、天界行が決定されます。なければ、不合格です。

その時は急いで、この場所に戻ってきて下さい。私が違う場所までお導きします。まあ、経験上あなたの場合、大丈夫です。じゃあ、いってらっしゃい」

どうも、この事務的な感じと、話口調があの銀縁野郎を思い出させる。


これが、天国と地獄の振り分けの審判を受ける裁定場か。

薄暗い建物の中にまで行列が続いている。

イメージでは、閻魔大王様が鎮座して、両隣に赤鬼、青鬼を従え、人生の裁きを受けると思い込んでいた。電光掲示板とは、こちらの世界も近代化されていると感心した。

結局、こちらも人手不足なのだろう。

来た時から、アルバイト風の係の人が、「こちらが、最後尾です」と、大きく叫びながらプレート看板を、掲げてくれていた。何だか、コンサート会場の様な雰囲気だ。

導かれ、死装束の行列の最後尾に並ぶ。

観察するまでもなく、自然と死因が分かる。親族の手厚い葬儀を受けた霊は、死化粧を施してもらって綺麗だが、事故や災害、火災等の無縁仏の霊は、気の毒の一語に尽きる。

顔の半分ない霊、炭のような黒焦げの霊、蒼白くガリガリに痩せこけた霊、全身血まみれの霊、包帯でぐるぐるまきにされた霊、それぞれの霊事情がある様だ。

まあ、俺自身病気上がりの蒼白く痩せこけてた姿に化粧しても、大差ないと思う。

どの霊も、緊張から無口だ。

イライラから、貧乏ゆすりする霊。開き直って、行列整備の係を睨みつける霊。持っている数珠を両手で擦り合わせ、ぶつぶつと念仏を唱え始める霊。行列の順番を抜かそうとして、係員に注意されている霊。摑み合いの喧嘩を始める霊達。自身が死んだ自覚を持てず、泣き叫ぶ霊。

様々な霊模様を観察しながら、嫌になる程の長い待ち時間を過ごした。

やっと順番が回ってきたので、受付で戒名と死亡年月日、死亡理由、享年齢を伝える。係の人が、パソコンの画面で、霊の本人確認をし、霊歴を確認している。

こちらも、ＩＴ革命の波が押し寄せている。慣れた手付きで、俺の発行された天界ＩＤ番号をプリントアウトしてくれた。

「この天界ＩＤカードを持参の上、待合ホールで、暫くお待ちください」

言われたままに、待合ホールに移動する。

広いホールだが、既に多くの霊で混雑していた。

満員御礼の看板が立てかけられた。ざわざわと雑音や、話し声が入り混じる空間は、朝の満員電車のようで、ホール内に漂う空気は淀んでいた。後ろから、多くの霊に押されながらも、ホール後方の中央に、やっとの思いで、空いた席を見つけることが出来た。

先に座っていた霊に、軽く会釈しながら、隣の空いている長椅子の隙間に座った。

貰った天界ＩＤカードを確認する。

カードには元気な頃の顔写真と、戒名、死亡年月日、死亡原因、職歴、罪歴、寺の宗派、それと、新しく発行された、天界ID番号が表示されてある。

どれどれ、俺の新しい天界ID番号は、『蓮―459845１』

何？『ハスのじごくはよこい』もう駄目だ。この番号は、間違いなく地獄行き決定じゃないか！

言葉を失ってしまった。

大勢の霊達が、電光掲示板の表示を見つめている。

若い頃、自動車教習所で合格発表を待つ時のことを、思い出した。

やがて、場内に「お忙しい中、お待たせいたしております。只今から、天界行き番号を発表します。お手元の天界IDカード番号をご確認下さい」と、アナウンスが流れた。

すると、今まで騒がしかった場内が、一斉に水を打った様に、静まり返った。

どの霊達も、カードを握りしめ、固唾を呑んで、見守っている。

電光掲示板のランプが赤く点灯表示された。天界行きのID番号が掲示された。

「ウオー！」と、霊達の歓声が起こった。

どの霊も、手元のIDカードと、電光掲示板を交互に見比べ、自分の番号を探している。

歓喜の声を上げ、ガッツポーズのまま、係員の誘導を受け天界門へ向かう霊達。泣き叫び、項垂れて、地獄門へ渋々、誘導される霊達。裁定に納得がいかないと係員に詰め寄る霊。

悲喜こもごもの霊模様が展開されている。

俺は、半分諦め気分で、重い腰を上げた。恐る恐る電光掲示に目を向ける。

『蓮—4598451』カードを見比べなくても、もう簡単に暗記している。

『ハスのじごくはよこい』嫌な語呂合わせの不吉な番号。

「あった！」自分の番号を見つけ出し、ホッと胸をなでおろした。

やれやれ、一時はどうなるかと心配した。

冷や汗を拭いながら、愛想の良さそうな係員を選んで、カードを提示した。

「おめでとうございます。今から、視聴覚ホールで、天界での生活を始めるにあたり『天界住人の心得』という、天界倫理委員会監修のムービーを三〇分間ご覧頂き、講習を受けて頂きます。これは天界ガイドブックです。講習の終了後、天界門へお進み下さい」

晴れやかな係員に、誘導され視聴覚ホールで退屈な講習を受けた。

ようやく、天界への入場を許可された。


ゆっくりと、荘厳な天界門をくぐる。

不思議なことに、死装束から、私服に代わっていた。

それも、お気に入りの一張羅のジャケットにシャツにスラックスと、ハット。

何気なく腕を見ると、今まで痩せこけて、赤紫に腫れた点滴針の痕の残った腕が、元気な頃の艶の有る腕に戻っていた。おまけに、お気に入りのロレックスの腕時計まで、はめている。足も、頬も、放射線治療で抜け落ちた髪の毛までも、戻っている、嬉しいね。

体中からエネルギーが漲るようだった。

大きな天界門を抜けると、満々と水を湛えた、美しい川の畔に出た。

花が咲き誇り、燦々と太陽の光が、キラキラと降り注いでいる。初めて見る光景なのに、昔、何処かで見た様な不思議で懐かしい感じがする。向こうの舟着き場の方から、俺の下界での俗名を呼ぶ声が、微かに聞こえた。

逆光になっていて、眩しくてよく見えない。声のする方へ、誘われて行く。

近づくと、大きく手を振る霊が見えた。俺の名前を呼んでくれていたのは、元気な頃の親父だ。その傍らに、元気な頃の母親も居る。

恥ずかしそうに、親父の陰に隠れているのは事故に遭う前の、美しい姿の最初の妻だ。

懐かしさから、思わず涙がこみ上げてくる。

会いたくて、会いたくて、堪らなかった霊達の姿が、そこにあった。

その傍らでニコニコと微笑む、初対面の見慣れない二人の女性。

誰だろう？ と、首をかしげた。

あっ！ そうだ！ 昔、父親に写真を見せて貰ったことのある、父の一番目と二番目の妻を思い出した。

俺は、照れる様に会釈しながら、近づいた。

彼女達は、何度も会ったことの有る様な、馴れ馴れしさで抱き付いてくる。

みんなが口々に、「ようこそ天界へ！ 歓迎するわよ」「家族全員で、あなたのお迎えに来たのよ」「これから、全員で楽しく過ごしましょう」「早く家に戻りましょう。今から歓迎のパーティーを始めるわよ」「話したいことが、山程あるのよ」

みんなが口々に話し出す声のトーンの上ずり具合から、興奮が伝わってくる。

俺への歓迎ぶりが、有難い程伝わってくる。

「久しぶりに、俺と酒でも飲みながら、今日は語りあかそう」親父も照れながら、嬉しそうに話す。

余りにも久しぶりに、親父の声を聴いたので「そうそう、こんな感じの声だったな」と、懐かしく、思い出した。

妻の差し出す優しい手に誘われて、舟に乗り込んだ。

美しい水面を滑る様に、舟がゆったりと進んでゆく。

若々しい親父の漕ぐ櫓から、飛び跳ねる水しぶきが太陽の光を浴び、キラキラと反射し、美しく輝いていた。


【完】

著者プロフィール

Ucho－天（うちょうてん）

大阪生まれの大阪育ち。コテコテの大阪人／愛称“テンちゃん”。

年齢、性別、家族構成、学歴、職歴、犯罪歴（笑）は不詳です。

「天界の たねあかし」は全てフィクションです。

登場人物の名前、年齢、職業、エピソードは全て架空の事柄で著者を特定する何ら「たねあかし」にはなりませんので御容赦ください。

趣味：墓参り・墓掃除（10 ～ 11回／週）

カバーデザイナープロフィール

KANA（かな）

大阪出身、フリーのイラストレーター /グラフィックデザイナー。

現在は東京を拠点（大阪を捨て、魂を東京に売った女）に移しアーティストのCDデザイン、ライブグッズ、企業やカフェのロゴ、パッケージデザイン等を手掛け、幅広く活動している。

天界の たねあかし

2025年4月15日　初版第1刷発行

著　者　Ucho－天
発行者　瓜谷 綱延
発行所　株式会社文芸社
〒160-0022　東京都新宿区新宿1－10－1
電話　03-5369-3060（代表）
03-5369-2299（販売）

印刷所　株式会社暁印刷

ISBN978-4-286-26373-1